———————— 阅读之前 没有真相

午夜文库

晚点五十八小时

步铼 著

新 星 出 版 社　NEW STAR PRESS

楔　子

后来，在即将失去知觉之际，他才想起，这一切似乎都是从那天开始的——

"每年都是这样！"

枕头下面有节奏的嗡嗡声仿佛被放大了一百倍，把他从遥远的梦境中一把拽了回来。"哈——啊——"他一边打着哈欠，一边伸手从枕头下面摸出还在振动的手机，关上闹钟，扭过身子，往宿舍内环视了一圈，只有几张海报和挂在墙上的吉他在默默俯视着他——噢，寝室的另外三个兄弟都已经出去了。

现在几点了？闹钟时间不该这么晚啊。额头和太阳穴传来的跳痛像是在问他，是因为昨晚的酒精，还是这几天连续的狂欢？钻出被窝，他慢步挪到窗前，隔窗远眺校园对面的海滩，近处的马路两旁光秃秃的枯树对海风无动于衷，室内的暖气给得非常足，让人本就干裂的嘴唇都舍不得张开。他快速舔了一下嘴唇，下意识地伸手拿过水杯——水杯里的温水已经凉好——赶紧喝了一大口，放下水杯，他又自言自语道："新年到了。"

每个秋季学期近期末的年底，各个学院的圣诞节和元旦的欢庆晚会总是接二连三，令人应接不暇。刚刚入学半年不到的新生都想抓住机会挥洒自己满溢的才华；即将毕业走向社会或打算进一步深造的学长都想抓住青春的尾巴再放肆地笑闹一回；夹在中间的这部分学生不是苦于修学分、考资质，就是忙着给自己的在校简历加码，参加各种实习培训或社会实践，对这类活动反而不甚关心。虽然每个学院都有自己的艺术社团，但实际上能够登上新年晚会舞台表演的总是那一些人——学业不算太忙或者有艺术特长的，更有甚者还会由学生会出面请已经离校的学长回来献艺。

他是山海大学能源学院研一的学生，从二〇〇三年九月报到算起——本科四年加研究生半年——如今已在这里过第五个新年了。作为研究生，他是个新人，同时又是能源学院本科生的老学长，在能源学院艺术社团里也是资深团员了。每一年学院里的迎新生晚会、新年晚会、毕业晚会等，都少不了他的身影，其他学院也会邀请他前去助阵。

每到那几天，班里的男生都会假装羡慕地打探："今天又去哪个学院排练啊？别忘了给哥几个留前排座位！要情侣座啊……"

他总会一边挑眉，一边用手放在耳边做出打电话的手势："等我电话吧！"嘴角还难掩一抹享受的微笑。

他很清楚自己不能像乐队主唱或者主持人一样获得大家的关注，无论是在生活中还是舞台上。各院的艺术社团总是找他还不是因为他能唱能跳、"性价比"高，可以在很多集体节目中帮忙客串。他总在幻想，自己什么时候能独立担纲一个节目或者主持一场晚会呢？台下的掌声和尖叫都是给他一个人的，该有多好。不过每次团长提议让他独立完成节目，他总是开始时跃跃欲试，到后来又一脸惭愧地放弃，说自己不能胜任。可能"眼高手低"这个词，说的就是他这样的吧。

于是，每场晚会上场之前，他都带着这种纠结的情绪，催眠自己说同学们是为了他而来，从而在台上卖力地演出，可谢幕后又瞬间觉得自己微不足道……

晚会结束后自然少不了聚餐、拼酒的"既定环节"。所以每年从圣诞节前开始一直到元旦假期结束，他每晚都和团友们喝到凌晨两三点，好在这段时间没有什么课业任务和考试，研究生的宿舍楼午夜后也不会锁门。更暖心的是，室友早上会悄悄地离开并给他倒上一杯温开水，但也仅限于这几天。

假期结束，兄弟们应该都去图书馆准备下一门考试了，噢——他才想起来，回到床边拿起手机看了下时间，原来已经十一点一刻了，刚才那个闹钟是提醒每周三中午十一点和导师的汇报会的。说是向导师汇报，其实一般都是博士生大师兄主持会议，指导他们的课题进展。现在，大多数厉害的教授都是各种项目课题缠身、应酬不断，根本没有时间指导研究生；学生们除了自己的课程，很多都是从研一开始就为导师的项目忙碌,一年见到导师的次数,一只手都能数得过来,真是名副其实的"为老板打工"。如果不是有博士生代管,硕士研究生一学期不在,可能"老板"都不知道。正所谓"县官不如现管",所以例会迟到也确实不太合适。

他迅速洗漱完毕,换好衣服,抓起双肩包,就直奔实验室去了。

山海大学坐落在海港市林湾区奔浪大街西段四百三十六号,北依燕山,南临渤海,每到夏季,站在学校的宿舍楼窗前就能看到热闹的海滨:碧蓝的海水,金黄的沙滩,五颜六色的阳伞,身姿曼妙的比基尼女郎……如果从海港市中心开车沿建设大街朝西南方向的大环岛驶去,在城市规划馆那座贝壳形的建筑南侧的出口驶出,再往前开五分钟左右,就会看到路两旁波浪状的隔离带和护栏,上面挂着的白色花盆里种着叫不出名字的各色观赏花——这就是奔浪大街。沿着大街继续向前,经过海底世界以后就是林湾区海滨浴场,再往前大概五分钟,就会看到沿街有一大片线条简洁流畅的灰白色现代风格建筑——没错,山海大学到了。

北方的海滨城市没有热带那种高大的棕榈树,到了深冬,树叶落尽,道旁全是化了又冻、冻了又化的残雪,全无暑期的热闹景象。他踏着枯黄的草坪,匆匆穿过山海大学中心的学者广场,赶往能源学院的大楼。"今天是元旦假期后的第一天,估计学长们也不会到得太准时吧。"他不断地安慰着自己,却加快了步伐。

能源学院的五层大楼在图书馆正东面，紧邻学者广场的东北侧，朝向南面的大海。整座大楼入冬前才安装了一套多种能源协调配合的新系统进行试运行供能，它是整个山海大学校园内唯一的自建示范工程，代表了学院在绿色能源领域领先的技术理念。每次穿过学者广场，到达大楼门前的风雨连廊时，他都会抬头端详一下这座大楼庄严的造型，然后快步踏上大理石台阶，进入大门。从西边的楼梯上到二楼，第一间，门牌二〇一，就是他们的研究生实验室了。他轻轻推门，探身向里面望去，整个实验室空无一人。他赶紧低头掏出手机看了一下时间，已经十一点四十一了，今天的会一定是提前结束了，毕竟是新年嘛，大家连门都忘记锁了。

每年新年，学院里都会象征性地给研究生发一些糖果，他看到七张书桌上都有一个花花绿绿的玻璃罐子，看来上午院长也已经来过了。一想到糖果，他的肚子就开始咕咕叫，是午饭时间了。最近的食堂在学院大楼再往东，还要穿过一个露天体育场，反正吃过午饭还要回来，他就想着把书包留在实验室。

他在自己的书桌前站定，把书包从肩上取下，在最外面的夹层里翻出餐卡、钥匙，然后把书包往椅子上一丢，转过头刚要顺手收拾一下桌面上的资料，却在一沓德文资料下瞥见一个土黄色的小三角形。他微微侧过头，掀起那沓资料，原来那是一个普通得不能再普通的牛皮纸信封的一角。

"哈！以前每年的助学金都是期末考试前两天才发，今年提前了半个月啊！"他赶紧撕开信封，"听说学院今年帮这届研究生申请到了更多的额度。"

像领到第一个月工资的职场新人一样,他略带兴奋地抽出那张折好的"账单",旋即展开,可结果让他张大了嘴巴——那是一页普通的A4纸,上面是机打的仿宋体字,内容非常简短:

再次声明:收到此信,代表你已接受这项任务。

本月底,请务必在你导师到达澳门与我们交易之前,取得"能协3号"芯片的算法密码。届时,会有人与你联系。

二十万元已转入你账户,尾款会在密码生效后再行转入。

如任务失败,你将承担一切后果。

读罢,周围的空气仿佛凝固了。这是怎么回事?眉头紧皱的他将信翻过来看了一眼背面,没有任何其他信息,哪怕是一个标点;拿起信封,看看里面,将开口向下倒了两下,还是一无所有。他呆坐在椅子上,双臂环抱,转而又抬头看了看门口,然后迅速扫视了一下室内所有的书桌,再次确认屋里只有他一个人。

导师确实要在月底带着大师兄和他们五个硕士研究生参加在香港举办的"国际能源发展与环境高峰论坛"。

"难道,还有去澳门的行程吗?老板并没有透露啊。"他微闭双眼，开始用双手揉搓太阳穴，"啊——脑子有点乱……"

两分钟过去，他定了定神，长出了一口气之后，再次盯着这封信。

这会不会是恶作剧呢？

他暗自揣摩：信的开头没有称呼或抬头，落款处没有署名和日期，可能是为了防止泄露信息；第一段，写到"再次"，说明至少针对这项"任务"，这不是第一次联络了，之前已经有过口头或者其他形式的沟通或确认；第二段，这个月底，我们实验室所有人确有前往香港的行程，其间转去澳门也极有可能；芯片代号"能协"的确是我们内部的研发代号，其意义是取自"多种能源协作供能"，此芯片算法由导师亲自负责，以一种更高效的算法突破了一直困扰学界的能源信息流交互同步率低下的难题，将我国的能源交互技术提升到和美国、日本这样的能源技术强国齐头并进的位置，这个项目虽然是和德国一家能源领域的科技巨头"无限能量"公司联合开发的，但他们也仅仅提供了一些有价值的数据和经验，整个项目暂时还处于保密阶段，是受国家能源局严密保护和监控的。自然，算法文件很可能是需要密码打开解读的，可是此事从未听导师提起过。

"怎么看，这前半部分的内容都更倾向于真实情况，至少可以说是极有可能吧。"他咬着拇指的指甲，"是不是因为我更期望这些都是真的呢？"

信的后半部分显得更加可疑：先表示诚意，再付尾款的行为；如若失败，将付出代价的恐吓。这样的利诱威逼如果是恶作剧，也未免考虑得太周到了。但如果是真的，那么这个"承担一切后果"在之前的联络中一定有过沟通或者暗示，也就印证了第一段的"再次"，说明这已不是第一次联络。

如果不是恶作剧，那么这封信是写给谁的？

他继续自言自语分析："此次跟随导师参加高峰论坛的只有大师兄和我们五个硕士研究生，一共七人，而我们也是最有机会拿到那个所谓密码的人——如果那东西真实存在。信被送到这里，也说明收信人就在我们实验室之中，那个人究竟是谁呢？显然不是我，可是为什么信会放在我的桌子上呢？这么保密的事，一定是其中出了什么差错！

"好，接下来需要确认的就是：导师有没有私下去澳门的行程；芯片算法文件有没有密码存在；谁的账户里一下多出来二十万块钱——查明这些，那么所有的问题都会迎刃而解，真相也就浮出水面了！"当他沿着这条思路渐渐走下去，突然有个想法一闪而过，"慢着，如果……可是……接下来呢……"

"哈——啊——"又是一个哈欠，志忐的情绪也压抑不住他体内像扎啤泡沫一样漫出的疲乏，"先去吃午饭吧，也许她也在食堂呢，我要不要问问她……"他把那封信重新沿折痕折好，塞进信封，把信封放到书包最里面的夹层，拉好拉链，又重新把书包背上。锁好实验室的门以后，他急匆匆走下楼梯。一出大门，冷气扑面而来，他赶紧用双手使劲搓了搓脸，往食堂的方向走去。

低着头一边盘算，一边走了大概十分钟，就到了他一直钟爱的攀岩墙，他看了一眼墙上那些五颜六色的岩点，不自觉地用拇指摩挲着另外四根指头粗糙的指尖，低头继续往前。绕过攀岩墙，一阵猛烈的冷风吹来，是开阔的体育场到了，他抬头顺着篮球撞击地面的声音望去，不免有些不悦。"她又在看那些人打球！这天气，站在外面不冷吗？"他一边摇头，一边卸下书包挂在手臂上，左手从包里拿出一个白色保温杯，右手高高扬起，朝着篮球场那边挥了挥，但并没有张口。

篮球场边大都是"酒足饭饱"返回宿舍的学生，场地中央只有一伙人在半场"3V3"。尽管正午的阳光要更足，但是气温仍然低得仿佛要冻住从口中呼出的每一口气，女生们不顾寒冷，三三两两贴在一起，像足球比赛的人墙一般守住了场地东侧的边线。她们时不时探头、踮脚，为了精彩的进球动作鼓掌叫好。她就站在这群女生中间，远远看到一个逆向人群而来的人影越走越近，举起手朝这边挥动。她认出了他，但是并没有朝他跑去，而是退到人墙后面，从女生们身后走到人墙的尾端，站在那里静静地等着。

"昨晚给你打电话也不接。"她等他到近前，伸手撩了一下额前的头发，"还难受吗？"

"还行。"他这才想起，从起床到现在，还没有检查过自己的手机有没有未接来电和未读短信呢。

"我一会儿还有课，你没吃饭呢吧？"

"你……"他递上保温杯。

"嗯，吃过了。"

"还在看他们打球啊？"

她没回应，只是往旁边看了一眼，准备离开。

"哎！等下，有个事问你——"

她收回了刚要迈出去的步子，瞪大了眼睛。

"咱们月底去香港参加那个论坛，老板是不是还有别的什么安排？"

1

"是的。"叶青冲着放下的车窗里面说道,"尾号八四三三。"

借着路边昏暗的灯光,她用手往上拽了拽粉蓝相间的粗针毛线帽,闪着一对小鹿般的大眼睛,很想看清出租车里司机的样子。

此刻已是午夜十一点三刻了,叶青穿着浅粉色茧形的羽绒服、黑色弹力打底裤,脚下一双卡其色的雪地靴,站在小区门口跳着脚等了已经有一刻钟。虽然已是大寒之后五天了,春姑娘却一点露面的意思都没有,夜晚的风依旧刺骨难忍,所以她没有让姑姑、姑父送下楼,而是提前打电话叫了一部车。

好不容易,一辆出租车拐进辅路,关掉了远光灯,缓缓停在她面前。她始终站在原地,直到司机放下车窗,哈着气询问是否是她叫车。简短地确认后,她示意司机打开后备厢,迅速将双手捧在嘴边哈了一口热气,搓了两下,便拉着银灰色的二十四寸行李箱朝车尾走去。司机假装没看见,按下后备厢开关后，急忙关上车窗。叶青也没有迟疑，而是借着车尾灯，再次确认了车牌号，然后将冰块一样又冷又重的拉杆箱放入了后备厢中。

"走吧，师傅。"她坐进后排，摘下了毛线帽和围巾，用手捋了一下耳旁的褐色短发，还没等司机询问，便说道，"咱们走海滨绕城吧，能快一点。"

车子拐过三个路口，便上了海滨一号绕城公路，这条路沿着海岸修建，直接连接东临市中心区和经济开发区，走这条路去火车站，不需要经过城区，而且限速也提高到八十公里每小时。绕城公路上车辆寥寥、灯火通明。出租车前后排之间由铁栅栏隔开，后座仿佛形成了一个独立的空间，这让叶青慢慢放松下来，她感到有些困倦，于是慵懒地靠在椅背上，出神地盯着黝黑的海面和夜空中云缝之间透出的丝丝月光。

叶青给人的第一印象就是娇小可爱：圆圆的脸上满是胶原蛋白，一对水灵的大眼睛，皮肤白皙，体态匀称。见第一面的人都以为她是一个来自江南水乡的小姑娘，沉静温婉。只有家中的亲人，才能透过表面的防备，了解到她那北方女孩特有的直爽与倔强。

自从二〇〇六年夏天从山海大学机械工程专业硕士毕业，她便来到同是位于渤海之滨的东临市，进入了一家意大利企业，从事工业设备的设计开发工作。她原本想要去上海的，那里的产业集群化程度更高，机会更多，城市也更漂亮；可是作为公务员的父母不愿意让她走得那么远、拼得那么累，觉得女孩子还是应该早点找个好的归宿。于是全家人展开了多轮激烈的辩论，结果显而易见：她来到了姑姑家所在的这座海滨小城市。在这里，父亲有大事小情都会拜托姑姑帮忙，也包括暗中关注她的感情状态。

"哼！"想到这儿，她就觉得父母对自己呵护得有些过头了，甚至已经演变成了对自己生活的干涉，"我已经工作快两年并且经济独立了，可以处理自己的事情了。"

"可是，真的可以处理了吗……"

她从羽绒服口袋中拿出自己的NOKIA5300滑盖手机，向上滑开解锁后看了一眼，没有未读短信，只是她自己以为手机在振动。放下手机，她揉了揉刚才抬箱子蹭到的手指和手腕，想起了自己的男友——已经快半个月没有联系了，也不知还算不算男友。

两人在同一家公司的不同部门工作，他比她晚来一年，办公室门对门，但是他们并不熟识，更没有说过话，仅仅是知道对方所负责的工作。如果没有去年十月那次公司组织的旅游，两个部门乘同一辆客车，他俩的关系也许就永远停留在这层了。出发那天，他俩车上的座位被莫名其妙地安排在一起：先前跟叶青说好坐一起的同事没有坐在她的身边，而他恰好出发时来晚了，就只有叶青身边的座位空着，于是两人一路上有一句没一句地闲聊。更凑巧的是整个旅途中，两个人每餐饭还会坐在一起，现在想来一定是他和同事们串通好的。

虽然通过大家制造的机会，两人越走越近，但是男生始终比较害羞，他俩除了工作上的接触，在业余时间也只有吃饭、看电影，男生一直也没敢牵她的手，叶青反而觉得非常踏实，她认为美好感情的开始就应该这样细水长流。在年底的同事聚餐上，当同事们都知道实情后，就起哄怂恿男生主动牵手、拥抱。男生借着酒劲，勇敢地去抓叶青的手。可是就在男生的手触碰到她小臂的一瞬间，叶青仿佛被冻住一般，无法动弹，虽然脸上还保持着僵硬的微笑，身体却已经极度抗拒。大家看在眼里，以为叶青害羞，便有人推了男生一把，男生就势向前伸手环抱叶青的肩头，可令人意外的是叶青瞬间变成了一头被网住的小野兽——面露狰狞，双手奋力将男生推开，头也不回地跑向了屋外……

从那天起，在同事的小声议论中，两人再也没有电话短信，即使他知道她今天要乘火车出远门，也没有任何表示。

"该怎么办，还能继续吗？还是……"叶青觉得自己像一个站在十字路口的孩子，进退无措。

一阵阵扑面而来的热气打断了她的回忆，让她感觉胸口仿佛被压了一个越来越重的沙袋。"师傅，暖气能不能关小点啊？"叶青欠身问。

"姑娘，几点的火车？"司机瞄了一眼后视镜里回过神的她，伸手将暖风旋钮逆时针转了一下。

"一点十六。"

"哦，来得及，这么晚的火车，去哪儿啊？"司机龇着黄色大板牙问。

"广东。"叶青不想透露具体的目的地。

"一个人怎么走那么远？"

叶青靠回椅背，不想再回答他，于是假装没听见，头往边上轻轻一偏，继续望向窗外。

"南方这两天雪挺大的吧？又没有暖气，多冷啊！"司机没在意她的态度，而是自顾自地又说了起来。

虽然淮河以南是没有供暖的，但广东是中国大陆最南端的省份，即使在冬季，气候也还算宜人。叶青想着自己行李箱里靓丽的单衣单裤，噘了一下嘴："谁说的？广东我去过。"

"广播这几天不是总说嘛，还提醒出远门的注意呢。"

"就算有雪，能大到哪儿去！肯定都化了。"

元旦刚过的这个月，叶青一直在加班，每天回到家倒头就睡，哪有心情去关心天气。春节长假快到了，她父亲在香港有一个关系不错的战友，邀请他们一家去香港过年。香港虽已回归十多年，但是内地只有少部分城市开放了个人旅游签注，叶青父母所在的城市未在其列，所以他们只能先到达香港周边的城市例如广州、深圳等，再由当地旅行社进行"拼散团送关"，进入香港。一家人决定在广州会合，父母的机票已经提前买好，虽然她从没有一个人出过这么远的门，却执意花自己的钱订票，一个人坐火车去，美其名曰"感受祖国壮丽河山"。

父母拗不过她，姑姑语重心长地说："将近四十个小时的车程，咱们这儿不是始发站，又赶上春运，票太难买。"确实，即便在平常，这种长途火车，都会把全部的软卧票和绝大部分的硬卧票留给始发站，中间的过路站除几个省会大站，一般小站只能买到硬座票。

"你看呢，姑。"叶青早有准备，得意地扬了扬手中的车票，"我联系了个'黄牛'，以后买票找我吧。"

"来，我看看这高价票。"坐在一边的姑父摘下老花镜，伸出手。

"就这样看。"叶青把票攥在手中，举到姑父面前。

"是硬座票吧？咱们这儿的'黄牛'也搞不到卧铺啊。"姑姑看透了真相，还是有点担心。

"她都这么大了，让她自己去闯闯也好。再说，卧铺可以上车再补嘛。"姑父笑眯眯地看了一眼叶青，转而劝起了姑姑。

"要是你，我才不担心呢。咱们青青是女孩儿。"

"姑，女孩儿怎么了？您年轻时不是还一个人去过新疆嘛！"叶青说这话的时候底气并不是很足。

姑父转过身望着姑姑，扑哧一声笑了出来，同时伸手把水果刀递给了叶青。

姑姑一时语塞，双手蹭了蹭围裙，站起身刚要往厨房走，叶青麻利地切开一个橙子，递到姑姑手上，"姑，先吃个橙子。"

"行啦！"姑姑看着她笑盈盈小圆脸，刮了一下她的鼻子。

* * *

零点过四十分，出租车停在了东临市火车站的送站口，空中飘着零星的雪粒，被海风一吹，上下翻飞。

司机抬起"空车"灯，计价器开始工作，"嗞嗞"的出票声催促着乘客赶紧下车。叶青穿戴好，钻出出租车，取出行李箱，三步并作两步穿过进站广场前的黑暗，径直走进了候车室的大门，外面的风雪仿佛被瞬间关掉，暖暖的人气混着泡面和各种熟食的味道蔓延过来。

和机场类似，全国的火车站在候车室大门处都设有安检的环节：不仅有X射线行李安检机、安检门，还有安保人员手持金属探测仪进行全身扫描。凡是行李箱内有疑似易燃易爆物等危险品，全部要被取出；过安检门后，凡是引起警报的物品全部要出示检查，像手机钥匙之类的物品无一例外。不同于机场的是，打火机这样的烟民必备物件是可以带上火车的。

经过安检门，一排排躺靠在椅背上的乘客映入眼帘。平时的这个时间，人们大多已经休息，所以候车室里也没有白天那样嘈杂，连打扫卫生的阿姨都缩在角落里打着哈欠；起身打开水的人，偶尔会碰醒熟睡的人，后者连白眼都懒得翻。候车室里唯一的声音就是列车出发或者到站的信息，中间还真的穿插着提醒旅客的通知，请去往南方的旅客注意极端天气、注意防寒保暖。

时针指到零点五十六分时，随着一声"车站工作人员请注意，从哈尔滨始发，经本站开往广州的T238次列车开始检票"，检票口的闸门被打开，人们赶紧睁大惺忪的睡眼，从座椅上站起来，甩掉身上的困倦，就像被指挥棒控制的沙丁鱼群，全部涌向检票口。

过了检票口，长长的进站通道一直通往站台的上方，从通道下到站台上必须要经过长长的台阶。人群中有五个头发花白，看着年纪在六七十岁的大叔，每个人手里都拉着两个二十八寸的行李箱，这段台阶对他们来说有点困难，他们准备先把自己的一个箱子搬下去，然后再搬另外一个箱子。叶青恰巧走在他们身后——尊老爱幼可不是一句空话——她快步上前："大叔，您这是去哪儿啊？"一面就伸过手去，帮一个正要抬行李箱的大叔抓起提手。

"啊——"这个大叔回过头来，微微一笑，然后点头用下巴向胸口示意了一下，"去香港参加比赛。"

叶青借着通道里的亮白灯光仔细看，才发现原来大叔们羽绒服敞着的领口里都是统一蓝色的上衣，左胸前绣着六个彩色的字：东临海钓协会。

"噢，那咱们都是到终点喽。"

"对。小姑娘，不用你，快别抬了，谢谢啊。"那个大叔依旧笑眯眯的，伸手要接过箱子，却不小心碰到了叶青的手。叶青的手像触电一样，突然往回一缩，但脸上依然保持着笑容，慢慢地转过去跟在其他几个上来帮忙的小伙子身后，一同走到台阶下面。

站台上，乘务员们都站在各自值守的车厢门口，一边欢迎乘车的旅客，一边帮他们核对手中的车票，防止旅客上错车厢。

叶青和大叔们上了十三号车厢——他们也是硬座票，按照车票上的号码，开始寻找自己的座位。硬座车厢的座位分布在一人多宽的通道两边，一边是两人座，一边是三人座；每相邻两横排的座位朝向都是相反的，也就是说第一排和第二排相对而坐，第二排和第三排相背而坐，第三排又和第四排相对而坐……以此类推。这样的座位排布有利于集体出行的旅客，他们可以利用相对两排座位中间的小桌看书、打牌，丰富漫长的旅途。

春运期间的车厢里基本上是寸步难行，通道里都坐满了自带小板凳的人，更不用说座位上了，他们的座位在持票人还没上车的时候一定是被别人先占着的。虽然已经到了后半夜，但是车厢里睡着的人并不多，因为坐着睡实在是太难受了，而且硬座车厢还一直有人上下车。大叔们带着箱子往车厢里头走实在是不方便，于是叶青等几个年轻人都走在后面，以便让通道上的人先让出地方，等大叔们找到座位，再帮大叔们把箱子举到座位上方的行李架上。

到了自己的座位前，叶青才发现自己的座位和大叔们是背靠背的。等大叔们安置好，过道腾开，叶青才走到自己的位置。她的位置在三人座最里面靠窗，这是个好位置，可以靠着窗好好地睡一觉。她用手机轻轻地碰了下坐在靠通道位置的这个人的肩膀，这个人晃晃悠悠地站起来，然后转过身，个子比叶青刚刚高了一点，他缓缓睁开眼睛，忽然又用手使劲揉了揉，兴奋地说："哎，怎么是你，师姐！"

"啊……江南，是你啊。"叶青尽量控制着音量说道，"好久没见了。"

"是啊，别看只是一年半，但感觉好像过了好几年，不过师姐还是和毕业之前一样，没变化。"

叶青摇着头，微微笑了一下，问："你这时候才放假回家？你回家是这个方向吗？"

"哪有，早放假了，这不是跟导师去香港玩嘛。"

"大过年的不回家，玩什么去啊？"

"这不，我们几个都去。"他用手指了一下坐在他旁边和对面座位的另外四个人。"其实，是导师带我们去香港参加一个国际论坛。"

"就坐硬座去吗？"

列车启动，准备出站了，两个人身子都晃了一下。江南这才意识到，应该赶紧把师姐让进去，于是急忙拉过师姐的行李箱，举上行李架，先是请走占着叶青座位的大姐，然后叫起身旁的女生，让她换到靠通道的位置上，叶青坐到里面的座位上去，自己则坐在了两人中间。

等叶青坐定，他压低声音答复道："唉，你是不知道，我们导师有很严重的恐飞症。国外很多活动都是让我们大师兄替他去。"

"恐飞症？还真有这病啊？我以为是那些明星为了炒作给自己编的呢。"

"可是他老人家有软卧，我们只能遭罪了。"说完，他还撇了一下嘴。

叶青抿着嘴，同情地点了点头，心里却一直在嘀咕：这个"江南"同学，姓什么来着？噢，对了，姓郭，学校里熟悉他的人都直接称呼他的名。他也觉得这两个字配着"郭"这个姓有种说不出的别扭，于是大多数非正式的场合，他都直接介绍自己为"江南"，好听好记。叶青在校时曾经在校勤工俭学中心工作，负责为在校学生联系勤工俭学的工作机会，那时候和能源学院几个经常参与勤工俭学的学生有不少联系，江南就是其中之一。

随着列车驶出站台，车厢里渐渐安静下来，列车有节奏的"哐当哐当"声像催眠的节拍器一样，成为暗夜里唯一的响动。

江南给叶青简单介绍了一下同行的同学：研二的刘闯和姚思琪，研一的安志国和孙慧颖。大家都互相倚靠着，尽量找一个舒服的睡姿，也顾不得形象了。介绍完之后两人不约而同地停止了话题，闭上了眼睛。大家都清楚，坐长途火车的硬座，休息是极为重要的。

2

"天亮请睁眼。"

随着叶青这一声指令,大家全都睁开眼睛。

列车离开东临市,途经河北省,现已驶入河南境内了,距离叶青上车已经过去十多个小时了。午后天空短暂地放晴,阳光从车窗照进来,把车厢里的一切都镀上了一层金色,这光泽让人觉得温暖平静。

"现在,江南,你死了,请发表临终遗言。"

一大早醒来,大家还都陌生拘谨,但是长途旅行的车厢有一种魔力,能够把从四面八方而来、互不相识的人变成熟识的旅伴。午饭后,叶青和江南的四个同学加上通道对面的两个年轻人聊得兴起,八个人开始了最近流行的"杀人游戏",虽然其他几个人都不太会玩,好在叶青自告奋勇,做了"法官",把规则介绍得也很详细。

"嘿,又是我。"江南欠身看着通道对面的周凯和周莉兄妹俩,"都多少次了,在学校的时候,同学们也总是第一轮就杀我，也太没有参与感了。我觉得杀手至少有一个一定在你们这边。"他举起手指向两兄妹，又点了点通道对面小桌上的瓜子，"因为我刚才听见指人的时候，有瓜子滑落的声音。"

周凯和周莉兄妹俩未动声色。

坐在江南右手边的叶"法官"问道："说完了吗？"

"啊，对，还有，我是平民。说完了。"江南像报完幕的主持人，拉了一下衬衣的前襟，靠在椅子上准备看好戏了。

接下来，要按着顺时针次序进行一一陈述。江南左边的姚思琪用手挽了一下齐肩的半长发，缓缓说道："我也是平民，我觉得江南说得对，因为我也听到了瓜子滑落的声音。就是他们那个方向。"她朝左边的通道努了努嘴，眼睛环视了一下众人。

众人在她说完之后把目光都集中在了通道那边的周凯身上，周凯用手摸了一下鼻子，开腔道："我不是杀手，小莉也不是，你们不要被他俩说的瓜子啊什么的误导了，那么小的声音，能听见吗？"他轻轻地舔了一下嘴唇，"嗯……我怀疑姚是杀手，你们……不要被她迷惑了。"

大家不约而同地笑了，把目光又齐齐对准了周莉。

周莉满脸困惑："我不知道，反正不是我。"说完，把头转向了通道这侧靠边坐的安志国。

众人脸上都露出了意料之中的表情，静静听着安志国的发言。

"我确实没听到什么声音，但有点怀疑你们俩。"安志国扶了一下眼镜,笑嘻嘻地指向对面座位的姚思琪和江南,"他们俩小情侣刚在一起,正黏糊着呢,或许江南帮她打掩护也不一定啊。"

江南扭头看了一眼叶青,不好意思地笑了笑,嘴角带着一丝得意。

"你昨天可没跟我说啊,"叶青与江南对视了一下,问道,"你怎么能坐中间,让她靠过道坐呢,她怎么休息啊?"

"啊,师姐,昨晚没说,就是怕你不好意思坐里面啊,我坐中间不是可以趴在小桌上嘛,她是趴在我的后背上睡的啊。"

"叶师姐,你就放心吧,我们江南同学对姚大美女,那可是无微不至啊!"安志国再次打趣道。

"啊,是嘛!"叶青也配合着夸张地点头。

"你——行了啊!"江南大声说着,直接把手中的薯片朝安志国扔了过去。

姚思琪看着对面的安志国一头的薯片,忍俊不禁,众人也跟着笑起来。

"死人不能发言了。"叶青假装严肃,秉公执法道,但心里却想着:昨晚她也没说自己是他的女朋友啊。

"我是警察,我们已经验过周莉的身份了。"坐在安志国身旁的刘闯一直没笑,直接接过话茬,说到这儿,故意顿了一下,环视了一下众人,"她是平民。"他微笑着问周莉,"对吧?"

周莉正用手肘拄着小桌子,望着通道这边,终于有人给她洗脱嫌疑了,她抿紧的双唇瞬间松弛了下来。

"其余的我就不好随便怀疑哪个人了，大家自己分析吧。"刘闯略显得意地结束了他的陈词。

最后一个，靠窗坐在刘闯里面的是孙慧颖。她放下手中的可乐瓶，开口道："首先，我是平民，江南也是平民，那么思琪和周莉之间有一个人一定在说谎，因为一共只有三个平民。但是即使不是平民，也不知道是杀手还是警察啊。其他的我也看不出来了，还得……再死一个人才行。"

"已经差不多了，应该看出来了吧。"站在通道里的旁观者打趣道，他们当然全都看在眼里了。

叶"法官"宣布陈词结束，进行投票。

周凯和安志国齐齐指向刘闯。姚思琪看了对面的安志国一眼，和刘闯一同默契地伸手指向了周凯。现在刘闯和周凯是二比二，周莉的眼睛骨碌碌来回地看，也不知该投谁好。

"周凯，你不是怀疑思琪吗？"江南在旁边多嘴道。

"还说，你都死了，乖乖看着。"叶青急忙制止他。

这句话好像敲醒了孙慧颖和周莉，她俩慢慢抬起手，也指向了周凯，这样周凯就四票了。

"周凯，你死了，请发表临终遗言。"叶青轻叹了一口气。

"我才是警察，验过小莉的身份，才说她不是的。"他脸上表现出的懊恼，让大家都不自觉地笑起来，"刘闯绝对是杀手，你们真笨。"

"好，说完了吗？"

周凯重重地"嗯"了一声，拿起手边的啤酒，喝了一大口。

"天黑请闭眼。"法官再次宣布天黑,"杀手请睁眼……杀手杀人。"

"杀手请闭眼,天亮了,大家睁眼……志国你死了,游戏结束。"

"哎呀,我也是警察啊,你俩为啥要投周凯啊?"显然,安志国是在问周莉和孙慧颖。

"谁让他一开始怀疑思琪,后来刘闯亮明了身份,他又突然换目标的?"孙慧颖语速比刚才快了一倍,"看着就是——他心虚了,着急把刘闯杀掉。"

"他第一轮就冒充警察,所以我俩才想一起投掉他。"

周莉依然是满脸的茫然,虽然一直在听他们讨论,但是到现在她还不知道到底谁赢了、谁输了。

"这样人太少了,不好玩,再加点人吧。"江南看着周围观战的人群,想找到脸上写着"想玩"的年轻男女,"还有想一起……"

没等他问完,一段广播打断了他:"旅客朋友们,现在列车上有少量硬卧余票,请需要的旅客到列车长办公席进行补票。办公席位于十二号车厢。票量有限,请大家发扬尊老爱幼的优良美德,优先照顾老人和儿童。"

由于父母一直发短信来叮嘱,叶青也不想让他们太过担心,于是决定去试试,她站起身来,环视一圈,意在找一个人搭伴同去。

江南看出她的意思,便替她问道:"你们有想补卧铺的吗?"

"咱们还是在一块坐着吧，再一晚就到了。我们总坐这趟车，卧铺没那么好补的。"姚思琪莞尔一笑，朝安志国扬了扬下巴。

"师姐都发话了，咱们老老实实坐着吧。"安志国说着，看了一眼正点头的孙慧颖。

虽然坐在最里面的座位，叶青前一晚睡得并不好，一个梦接着一个梦，加上凌晨时不知道是谁在行李箱里找东西，那种小心翼翼的响声反而让她觉得睡不踏实，搞得她偏头疼的老毛病又犯了，要不然她才不愿意做"法官"，早就下场把他们"杀"得片甲不留了。

这时，昨晚一同上车的五个大叔表示他们有点熬不住了，也想去碰碰运气。于是，就像前一天一样，叶青跟着他们一同去十二号车厢的列车长办公席排队去了。

长途列车，有一些卧铺旅客在中途到站下车，如果这个铺位余下的乘车区间的票没有被买走，那么硬座的乘客就可以补上硬座和铺位的差价，到卧铺去休息。一般的列车上，卧铺分为两种：软卧和硬卧，车厢前后两端都有通道门，晚上九点半熄灯后由列车员上锁。软卧是四人一个包厢，包厢内两侧分上、下铺位，铺位上有床头灯，行李可放于包厢内上部的行李架，包厢有推拉门，门上无窗，内部可由乘客上锁，外面须由列车员用专用内三角钥匙开关锁，包厢门外有通道供行走使用，通道上有可折叠座椅和窄桌；硬卧则是六人一个"单元"，"单元"两侧为隔板，左右两侧各有上、中、下铺，"单元"内车顶有一个顶灯,行李可放在"单元"外车顶的行李架上,"单元"不设门,其余通道、座椅和窄桌,均与软卧布置相同。软卧相对硬卧来说铺位更宽、更软,条件更舒适,空间更独立,更安静、安全,票价也要贵出百分之五十左右。一般的列车上只有一节软卧车厢,五节以上的硬卧车厢,所以补到硬卧的概率要大很多。

十二号车厢里格外的拥挤,列车长办公席前被围得水泄不通,本就闷热的车厢,让人更加喘不过气来,每个人都烦躁地扇起了风,以求在这时间格外漫长的排队等待中获得一丝凉爽与平和。已经快要到晚饭的时间了,终于轮到大叔们和叶青了,但是只剩下最后三个硬卧铺位。五个大叔一商量,决定把其中一个让给叶青,他们可以轮班去硬卧车厢休息,叶青自然不肯接受,但是他们推来让去搞得列车长极不耐烦,于是他果断决定:"反正你们三张卧铺也不够,也得轮班休息,还是给小姑娘一个吧。咱们赶紧办完,去吃晚饭了。"

叶青面带喜色,向大叔们表示了感谢,一行人回到十三号车厢去取行李。两个年纪更大一些的大叔带着自己的随身物品,先搬到八号车厢去休息了。叶青回来之后,见姚思琪坐在自己靠车窗的位置上斜倚着休息,她神色倦怠,怀抱保温杯,正喝着冒着热气的红糖水。同是女生,叶青已猜到大概,便朝正要起身的姚思琪示意,让她赶紧坐下,然后自己直接坐在靠通道的座位上。稍作休息后,各种餐食的气味开始不断散发,不停地往人的鼻子里钻,车厢里的人们不约而同地在准备晚饭了。仿佛会传染一般，随着各种方言的高谈阔论，几个还在校的学生也一边吃一边聊起学校里教授们的逸事，叶青就默默地笑着、听着，好像自己还不曾离开那个梦想启航的地方，感觉好极了。

吃完饭，叶青就准备搬到硬卧车厢去，刚从座位上起身，突然被人从后面拍了一下肩膀。她浑身一紧，瞬间心跳加快，手里的饭盒差点掉落。叶青的双脚仿佛被定住，她没有转身，而是把身子歪向一边，等那人走到她的前面。果然，稍作停顿之后，一个深蓝色的高大身影迈步走到她的前面，转身低头看着她，这人头上的大檐帽遮住了一些灯光，叶青抬头看时才没有觉得晃眼。

叶青惊讶地瞪大了眼睛、张开了嘴，刚要说话，这人就用左手食指放在嘴边做了一个噤声的手势，然后右手往前进方向挥了一下，就带着身后另一个穿同样制服的人往前走了。

叶青会意后，就跟着他们一直走到车厢连接处。这里空间狭小，地板上虽然也有几个人蹲坐在行李箱上，等着到站下车，但和车厢里的热闹气氛完全相反——他们都太累了。等前面的两个人站定，转过身来，叶青冲着前面的高个子喊了声："舅舅！"

没错，走在前面这个身高一米八五、体重九十多公斤的东北壮汉就是这趟列车的乘警长李大鹏，也是叶青的舅舅。走在后面瘦瘦的年轻乘警，名叫陈宗纬，是个新人。

"敬礼！"李大鹏举手朝叶青敬礼，笑呵呵地等着她的反应。原来这是叶青小时候，舅舅每次和外甥女见面的固定"流程"。

叶青尴尬地望向旁边的人，发现他们都在低头玩手机或者靠着车厢壁补觉，并没人在意他们。她才也举起手草草地做了一个举手礼。

"礼毕——握手！"李大鹏满意地点了点头，又伸出他那宽大有力的手掌。

"舅——"叶青拉长音嗔怪道，并没有伸手。

"哈哈哈哈……我记得你上学的时候就经常跳级，跳来跳去，怎么也没见长高啊！哈哈哈……"李大鹏发出了爽朗的笑声，并不在意身后陈宗纬的眼光。

叶青噘着嘴，白了一眼李大鹏，不过能在这列车上见到舅舅，她仍是感到分外的惊喜。两个人几乎异口同声地问对方："你怎么在这趟车上？"

"我本来不是跑这趟线的，"李大鹏率先解释道，"这不还有十多天就春节了嘛，这趟线可是咱们国家从最北到最南的客运大动脉……"

"是京哈线和京广线，对吧？"叶青面带得意，"别看我是第一次出远门。"

"啊，没错。"李大鹏笑呵呵地继续，"最近几年出远门务工的人太多了，一到春运，大家都要回家团聚，加上放假的学生，乘客暴增。所以这趟线路每到这个时候必须要临时增发列车，自然就要从其他线上临时抽调或者采用劳务派遣的形式，加派人手。

"而今年湖南、广东那边又一直在下冻雨,五十年一遇啊。前面两趟发过去的车都停在那边了,乘务员都没回来,真是雪上加霜啊,但是客运不能停,这么多人等着回家过年呢!不然也轮不到我们,前两天还在家休息呢。"

身后的年轻乘警紧跟着抱怨道:"不就是下点雪啊冰雹什么的嘛,东北的火车哪年不是照开啊。都不能休息了!"说着,还应景地打了一个哈欠。

李大鹏用手摸了摸下巴上浓密的胡子,憋不住乐了,回头瞪了他一眼,又对叶青说:"这小陈我也是刚认识的,没聊几句,估计你们俩差不多大,是吧?"

"你好——陈宗纬,叫我小陈就行。"陈宗纬热情地伸出右手。

"你好——叶青。"叶青嘴上说着,却假装没看到对方伸出的手,仰着头问李大鹏:"那我们这趟车会不会也停在半路上啊?"

"前面正在组织抢修,应该不会吧。"

"绝对不会,这都马上开春了。"陈宗纬跟着附和道。

叶青没搭这句的茬儿,而是点点头,接着跟她舅舅解释了自己这趟旅途的缘由。

"那你就硬板儿一直坐到广州?多累啊!不行……"李大鹏关切地问道,"我来帮你问问列车长吧。"

"卧铺票已经补好了,这不刚要搬过去嘛。"

"有点晚点了，应该快到信阳了，"李大鹏看了一眼手表，又看了一眼车厢连接处的人，"你等上下车的人都完事儿了，再搬行李吧。"

正说着，列车的速度就降下来了，直到缓缓地停在了信阳站的第二站台。上下车的乘客都要经过连接处这段狭小的空间。三人缩在一边，等人都走完，车厢门关闭，李大鹏带着陈宗纬准备继续向前巡视，临走时交代叶青："吃饭的时候可以找我，带你去餐车吃好的。"

叶青点点头，转身回座位去拿行李了，她跟江南说，如果姚思琪太难受，在熄灯锁门之前可以让她过来躺着休息。

夜晚的气温急剧下降，天空中又不停地落下雨滴。奔驰在崇山峻岭之间的列车，透过两侧车窗散发着微微的白光，仿佛一条有魔法的巨龙，所到之处，草木全被裹上一层薄霜。

叶青搬到了七号车厢，很幸运，她的铺位是下铺，就不必爬上爬下了。把行李箱放好以后，叶青坐在铺位上，抽出手机，已经晚上八点了，屏幕上显示"无服务"，估计是到了山区信号覆盖不到的地方。她抬头向窗外望去，只能看见自己在车窗上模糊的镜像，再凑近一些，才依稀看到车厢外面已是漆黑一片。硬卧车厢里还有一两个乘客在吃晚饭，旁边的"单元"里偶尔传来两个小朋友的嬉闹声，反而将车厢衬得非常安静。叶青觉得有些困了，她摸着还有点疼的头想，也许今晚能睡得好了，这段还算轻松的旅程还剩一晚了。

不知道迷迷糊糊地睡了多久，叶青突然醒了过来。车厢里已经熄灯了，通道里传来了沉重而又急切的脚步声，是李大鹏带着陈宗纬快步走来。叶青借着通道里的壁灯看过去，看不到他们脸上的表情，但她还是想着告诉舅舅一声，她已经在这个铺位安顿好了。于是她起身站在通道边上，晃晃手中唤醒屏幕的手机，等他们走到近前，她才借着手机的光亮看到她舅舅神色凝重，像是发生了什么大事。李大鹏一言未发，只是摆摆手示意她坐下，她满脸疑惑地望向走在后面的陈宗纬，后者走到她面前稍微顿了一下，伸出手，指向前面，小声说道："软卧车厢……"她突然产生了一种不好的预感，轻手轻脚地迈着步，紧紧跟在他们身后。此时的她还不知道，自己去往的正是梦魇开始的地方。

早就等在软卧车厢通道门后的列车员，隔着门上的玻璃窗一看到两位乘警的身影，就利落地打开通道门，将他们迎了进去。软卧车厢的两端有供乘客夜里用洗手间的夜灯，借着昏暗的灯光，乘警长李大鹏打量了一下列车员，他的眼袋和酒糟鼻至少把他的年纪放大了十岁。李大鹏拍了拍列车员的肩膀，示意他在前面引路，边走边低声说："你好——李大鹏，叫我老李就行。"

"我叫马金，沈阳局长春段的。"列车员声音也压得很低，"是九号包厢。"

"是你发现的吗？"

"不是，是包厢里的另一个乘客。"

"噢，从发现到我们来，这中间有其他人离开或者进入这节车厢吗？"

"没有，只有你们。"

说话间，一行人已走到九号包厢的门口，李大鹏率先打开手电筒，示意马金打开包厢门。门一开，陈宗纬也打开手电筒，高高举起，两道光柱瞬间射进包厢。

两位乘警像猎犬一样，谨慎地站在包厢门口先四下观察了一番。包厢内的四个软卧铺位中，左侧的上下两个铺位被子和枕头都被整齐地放好，并没有使用过的痕迹；右侧的上铺床头灯亮着，被子被掀开，铺位上也没有人；右侧的下铺床头灯也亮着，一个看上去五十岁出头的男子头朝内侧仰面躺在那儿，身上盖着被子，一动不动。包厢中间的桌子上有一个打开的手提电脑，周围堆着半尺高的纸质资料和书本，摆得方向各异，桌边有一只老花镜、一个中间断裂的眼镜、一个药盒，几支签字笔散落一旁。

在走进包厢之前，李大鹏让陈宗纬配合他把地板照亮，俯身仔细地进行了检查，地板上除了两双白色软底拖鞋、一双黑色皮鞋和地毯之外，并无任何特别之处。两人站起身，陈宗纬示意其他人站在包厢外不要进去，然后两人戴上手套迈进包厢，打开了里面的顶灯，包厢内的黑暗被瞬间驱散。

李大鹏径直走到右侧下铺，俯下身仔细查看那个已经死去的男子，"哎，小陈，你看——"一边说着，一边指着男子的脸，倒吸了一口冷气。

陈宗纬简单查看了桌面上的物品之后，听到领导在叫自己，便也挤过来仔细端详，诡异的一幕展现在两人面前：那个死去的男子脸上竟然有一种奇怪的表情！那是一种无可名状的，甚至有些惊悚的——笑容！怎么可能是笑容？可是如果不是笑容，那又是什么呢？他皱着眉，圆睁着双眼，却咧着嘴，似笑非笑，似怒非怒。

"这是怎么……什么啊？"陈宗纬已经语无伦次了。

李大鹏也摇了摇头，做了一个噤声的手势。

两人继续往下查看，男子身上的被子被掀开一角，能清楚地看到身上穿着的白色跨栏背心，在他颈部的左侧，有两个距离很近的针孔形伤口，已经开始轻微地肿胀，看上去好像被蛇咬的一样。

李大鹏伸手慢慢地将被子全部掀开，对尸体进行全面检查，并没有发现其他伤口，也没有任何挣扎的痕迹。由于包厢内温度较高，加之尸体又有被子覆盖，所以尸体并未发生尸僵。他将死者慢慢地翻过来，尸体的左侧和背部已经产生了紫色的云状斑痕。最后，李大鹏又返回去检查死者的面部，发现眼底、鼻腔和口腔之内已经有了出血的迹象。

"小陈，可以拍照了。"李大鹏说完，转过身去开始检查死者的随身行李和皮包。

找到死者的身份证和港澳通行证等证件，李大鹏才真正看清死者的面容：梳着背头，双眼大而有神，鼻宽口阔，脸型方正。那是一张和蔼可亲、精力充沛、有着学者气度的脸。李大鹏把死者的身份证举到眼前，把上面的照片和死者扭曲的表情对照着再次看了看，又摇了摇头。

皮包里还有很多其他证件，所有的信息显示：死者名叫文克己，现年五十六岁，是山海大学能源学院的一名教授。

李大鹏把证件递给陈宗纬拍照，直起身望向包厢的窗户。

这种软卧车厢虽然已经全部采用空调控制内部温度，但是在首尾两端，也就是一号和九号包厢里，还是会各有一扇小窗可以从窗户顶端向下移动，开启大概十五厘米的距离，以备不时之需。这扇小窗的锁和列车上所有其他的锁一样，只有乘务员或乘警的内三角钥匙才能从内部开关。

等陈宗纬拍完照，李大鹏拍拍他的肩膀，说："你来看看这扇小窗。"

陈宗纬上前仔细看了一下锁孔，三角形的顶点并未对准锁外壳上的红点，表示小窗并未上锁，但是却关得严丝合缝。于是他使出吃奶的劲拉住小窗的不锈钢把手，一下、两下，小窗两侧的导轨才发出"嗞——"的一声，小窗果然被缓缓地向下拉开，一阵冷风卷着雪粒直接打在了二人脸上，二人都不自觉地打了个寒战，一趟原本顺利的旅程就这样灰飞烟灭了。

李大鹏点点头，用手做了一个向上托的动作："试试看，能锁上吗？"

陈宗纬揉了揉手，用力向上推，小窗再次关住。他取下内三角钥匙插上去顺时针一转，然后用力往下拉，小窗纹丝未动，看来是能锁住的。

陈宗纬拔下钥匙，跟着乘警长走出了包厢。

李大鹏示意马金锁上包厢,随后掏出手机,他要立即向上级汇报情况,以便确定接下来的解决方案,看看能不能请求下一站的当地铁路公安上车来进行现场勘查。可是手机却显示"无服务",于是他尝试拨打"110"报警电话,仍然无法接通。信号一点都没有,连紧急呼叫都无法拨出了!

李大鹏刚刚懊恼地放下手机,列车长就从软卧车厢的另一头打开门,急匆匆地走了过来。

"怎么样了?"还没等任何人回答,列车长看了一眼李大鹏的手机,又自顾自地说,"无线电也中断了,我们暂时无法和任何站点取得联系,只能等火车到长沙了。"

众人闻听这一消息,皆错愕地盯着眉头紧锁的乘警长。

"下一站是长沙……大概还有多久啊?"李大鹏问道。

"估计还有一个小时吧。"列车长看了一下手表,"那我们能做点什么?"

李大鹏抿紧了双唇,咽了一下口水,故作镇定地吩咐道:"小陈,记录。"

陈宗纬拿出随身携带的笔和记事本。"二〇〇八年一月二十七日二十三时五十分……"他一边叨咕着,一边往下写着,"是谁报的案?"他突然停下来,用笔点了点本子,望向马金。

李大鹏这才像回过神似的,也转过头看着马金:"对啊,是谁?"

3

"林锋。"

午夜的餐车已经停止服务,但在这春运期间,有很多手里是"无座"票的人,都无法忍受旅途的艰苦,只要选择花高价买餐车提供的又贵又难吃的夜宵,就可以一直在餐车休息到第二天一早六点,权当是花钱买座位了。

面对餐车的人满为患,列车长提议,将锁在乘务室的报案人带去餐车的厨房进行问询笔录。李大鹏则一脸严肃地叫乘务员和叶青回到各自的位置,还特意叮嘱一定要保密。

餐车的厨房里,两个乘警并排而坐,列车长站在他们身后,一同盯着坐在他们对面,自称是林锋的报案人。这个人肤色黧黑,身材偏胖,戴一副黑框眼镜,头发细软稀疏,一脸的紧张还未散去,坐在那里一直在不停地搓着交叉的双手。他抬头回答完自己的名字,又继续低头看着地板。

"说说吧,怎么回事?"李大鹏继续发问。

"你们现在都怀疑是我,对吗?"林锋的声音听上去委屈极了,"不是我。"

"我只是问你当时的情况,你照实说就好,不要怕。"

"真的不是我!我不知道导师是怎么死的——你们一定要相信我。"

"只要你说实话。"李大鹏点点头。

"你认识死者吗?"陈宗纬头也没抬,接过话茬直接问。

"文教授是我的导师,我是他的博士生。"林锋极力控制自己的声调,希望自己能显得不那么紧张。

"你们这是……"陈宗纬继续低头做着记录。

"我们是去香港参加一个关于绿色能源的国际论坛。还有五个研究生学弟学妹,他们只有硬座,我跟导师是软卧。"

"你是说,你们一行人只有你和你导师是软卧,其他人都是硬座?"李大鹏问道。

林锋点点头,呼出一口气。

"那九号包厢里另外两个人呢?"

"包厢里只有我们两个人,没有别人。"

"从上车开始到现在?"

"是。"

李大鹏点点头,示意陈宗纬继续问。

"你是怎么发现导师死了的?"

"熄灯以后,我跟师弟在车厢连接处多聊了一会儿。大概十点半,我从洗漱室回来,包厢门锁着,门底下的缝隙里也看不到光亮,我轻轻地敲了几下门,没有回应。"林锋还是低着头盯着地板,"导师睡眠不太好,于是我就返回去找列车员,让他帮我开了门。"

"这个过程中,走廊上有人走动吗?"

"走廊里只有列车员和我。"林锋又摇摇头,"啊,不是,还有一个八九岁的小朋友,上厕所回来。"

"他当时在哪儿?"

"谁啊?"

"当然是列车员!"

"他坐在通道的折叠椅上,好像是二号包厢门口吧。"

"开门之后呢?"陈宗纬把话题拉回来。

"开门之后,我用手机照进去一看,地上的东西还没捡起来……"

"地上的东西?什么东西?"

"噢,是这个……师弟晚饭后过来跟导师汇报课题进度,不小心把导师桌上的东西全都碰掉了,资料撒了一地,他蹲下收拾资料的时候不小心把导师的眼镜和放大镜给踩坏了。导师当时发了很大的脾气,把我们俩给轰出来了。"

"一直到你熄灯后回来,这中间你都没有回过包厢吗?"

"嗯——不是。"

陈宗纬抬头看着他,等着他继续说。

"中间刚熄灯没多久,我回来过一次,上完厕所,想顺道看看导师是不是气消了。"林锋也抬起头看了一眼李大鹏和陈宗纬,"导师没听见我敲门,我就想直接拉开包厢门,结果门锁着，可能导师听见我拉门的声音了，骂了一声'滚'，我见他气还没消，就没再拉，回去接着跟师弟聊天去了。"

"就这一次？"

"是。"

"有人看见你拉门吗？"

"有一个女的，正好从我旁边走过，还看了我一眼，不过我不知道她是哪个包厢的。"

"你听见的那声'滚'，确定是文教授说的吗？"李大鹏问道。

"我……确定。"林锋望着他点了下头。

"你师弟叫？"

"江南——噢，郭江南。"

"他有没有去车厢里上过厕所？"

"中间好像是去过一次。"

"就一次吗？"

"我也记不太清了。"

李大鹏没有再追问。

"接着从你进包厢开始讲。"陈宗纬继续边问边记。

"不好意思，我刚才说到哪儿了？"

"你说你进了包厢，发现地上的东西没收拾。"

"噢，对。然后我就把地上的资料整理好先摆在桌上，想等明早再按顺序重新整理。"

"地上还有别的东西吗？"

"有，还有药瓶、书本、笔、眼镜——啊，对了——"林锋突然使劲拍了一下大腿，差点从椅子上跳起来，"还有放大镜！"

列车长和两位乘警不约而同被这"啪"的一声吸引，全都略带轻蔑地看着他，事实上，相当一部分人在压力之下都会有一点出格的行为，这并不稀奇，但是林锋的表现好像有点夸张。

林锋好像也意识到了对面三个人的眼神，咬了一下嘴唇，解释道："我现在才想起来，当时觉得有什么地方不对劲。是放大镜，放大镜不见了。"

听到这句话，对面的三个人的表情瞬间转向另一个极端，同时将眉头拧在了一起。

过了几秒钟，李大鹏深吸一口气，抬手抹了一下嘴，点点头，说道："然后呢？"

"然后我就爬到上铺准备睡觉了，下铺的导师一点声音都没有，他昨晚睡觉的时候，呼噜声还挺大的。后来火车晃了一下，还挺剧烈的，我醒过来了，就问了导师一声，但是导师还是一点声音都没有。我觉得不太对劲儿，就开了床头灯，往下看了一眼。"

"文教授当时是怎么躺着的？"

"是脸朝里，背朝外侧躺，蒙着被，只能看到一点额头。"

"然后你就下来了？"

"导师有心脏病，我不太放心，所以下来看了一下。"林锋舔了一下嘴唇,"我轻轻地拉了一下导师的被子,他就转过来了,他脸上的表情是……"林锋说到这儿,抿紧了嘴,双手攥拳,"那种——我说不清楚,反正吓了我一跳,我赶紧把被子翻开,就发现他脖子那里像是有一个伤口。我当时心跳得特别厉害,想着导师要是心脏病突发,肯定表情特别痛苦——但是这样的表情太怪异了,我就马上出去找列车员了……"

"你看到的,是一个什么样的伤口?"

"像是蛇咬的——电视里都是那样的,我在现实中也没见过。"

"后来呢?"

"后来列车员就锁了包厢门,把我锁在他乘务室里了,再后来你们就来了。"

"你导师的药盒里是治心脏病的药吗?"李大鹏问道。

"是,地高辛,还有其他一些营养药。"

"他吃地高辛多久了?"李大鹏点点头继续问。

"这个……具体的时间,我还真不清楚,不过最少也有一年多了吧。"

对林锋的问询暂告一段落,他已不能再回九号包厢,李大鹏吩咐陈宗纬先将他锁在乘务室,并安慰他说,让他稍微委屈一下,等再过一会儿到了站,就可以把一切调查清楚了。

林锋深知自己难逃嫌疑,没有再做过多辩解,只是临走时仍坚称自己是无辜的,便随着陈宗纬出去了。

他们二人刚刚走出餐车的厨房,列车长就看了一眼李大鹏："肯定就是他干的。包厢锁着，后来只有他进去了，他说他睡觉了。哼！谁知道呢？除了他，只有列车员和咱们有钥匙，不是他还能是列车员吗？"

李大鹏嘴角一翘，脸上露出一丝不易察觉的微笑，用手指了指列车长道："你说得对，那就把列车员请来吧。"

"你不会真这么想吧？"

李大鹏依旧微笑地看着列车长，不说话。

"他——那个列车员，叫什么来着？"列车长面露尴尬。

"马金。"李大鹏故作亲热地拍了一下列车长的后背，"快请吧。"

列车长无奈地拿起对讲机，把马金叫了过来。

马金的乘务室已经被林锋占用，他交代陈宗纬在车厢里帮他值守，快步来到餐车。

"软卧车厢里的乘客有中途上下车的吗？"还没等马金坐稳，李大鹏就一把抓过问询笔录，迫不及待地问道。

"我印象里是没有，都是始发站上来到终点站下的。我现在去拿票夹本吧。"马金说着就要起身。

为了方便管理，软、硬卧的乘客上车以后，都要把车票暂时交给列车员统一管理。列车员会将铺位对应的乘车卡发给乘客，将车票收集在票夹本里，待乘客下车之前再将车票还给乘客换回乘车卡。

李大鹏赶紧制止他："不用，一会儿我跟你一起去看看就行。"

列车长怕李大鹏的问题过于针对马金,于是将李大鹏的保温杯拧开,递到他面前。

"谢谢。"李大鹏接过杯子,吹了一下热气,却话锋不转,继续问马金,"林锋——就是报案那个,他说他一直和他的师弟在外面聊天,是吗?"

"那人看上去是比他年轻一些,他们俩一直站在车厢的连接处,靠着车厢门,连说带比画的,好长时间。"马金慢条斯理地答道,"我也没注意他俩说啥。"

"他们整晚都站在那里吗?"

"前面不知道,不过从我交班后就一直是。"

"你们在哪站交班的?"

"武昌站。"

"是熄灯之后?"

"对。"

"中间他们两人也没到车厢里来?"

"呃……不是。"马金用手搓了一下额头上的皱纹,努力地回忆,"那个年轻一点的——他师弟,中间走过车厢一次,到乘务室这边来用厕所。"

"你是在哪儿看见的?"

"从乘务室里,"马金刚想打哈欠,赶紧捂上嘴,"应该是挨着餐车那侧的厕所有人用,他才走到我这边来的。"

"大概是什么时间?"

"嗯——"马金努力地回忆,眼神仍是一片茫然,"具体时间不知道,应该是熄灯后有一会儿了。"

"熄灯以后卧铺车厢的通道不是都锁门了吗?他站在连接处,怎么进来的?"

"可能是餐车列车员帮他开的门吧。"

"后来你看到他出去了吗?"

"没有,"马金瞥了一眼列车长,"等我再出去检查通道里的窗帘是不是都拉好了的时候,他已经又站在连接处跟林锋聊上了。"

"在这期间林锋回过车厢里吗?"

"没有——反正我是没看见。后来他俩聊完,他才回包厢,叫我帮他开门。"

"查完窗帘之后你都在通道里吗?"

"啊,是的,我查完窗帘之后,就在通道里找了个位置坐下,待了一会儿,林锋正好过来找我开门。"

"这中间有人走过通道吗?"

"有,两个小孩吧,玩了一会儿就回包厢了。"

后面的经过,马金叙述的就跟林锋所说基本一致了。

"软卧两边包厢里上面那个小窗,开车之前你检查了吗?"就在大家以为问询结束的时候,李大鹏突然问道,"第一班是你执勤吧?"

"是啊,都检查过,怎么了?"

"都锁了吗?"

"肯定啊。"

"确定吗?"

"当然确定。"马金回答得斩钉截铁。

李大鹏看到列车长点了下头,才结束了问询,因为开车前所有的设施都要经列车长检查过才行。列车长让马金回了软卧车厢,并让他把票夹本交给陈宗纬带来。马金走后,列车长看了看问询记录本,又抬头看了看李大鹏。

"先等小陈一下。"李大鹏说着,掏出一根他最爱的长白山牌香烟,到车厢连接处去了。

午夜的车厢连接处远没有里面那么温暖,李大鹏一走出来便打了个冷战。他做了一个深呼吸,熟练地掏出打火机点燃香烟,狠狠地吸起来。四下飘散的烟雾中,他随着车厢晃动的疲惫身躯,极度渴望尼古丁的慰藉。

半支烟的工夫,陈宗纬就开门出来了,李大鹏掐掉手中的烟,和他一同回到餐车的厨房,三个人围坐在一起。

"咱们根据现场的情况和刚才的记录,再把整个过程重新过一遍,"李大鹏清了一下嗓子,率先开腔,"如果我有什么地方说错了,列车长,你纠正我一下。"

陈宗纬拿过记录本,重新翻过一页,静静地看着对面的两人。

"这辆列车是最新的25T型客车,每节车厢长二十六点六米,采用电力供能,车厢两端各有一扇通道门,门上有玻璃窗,通道门外,连接处两侧面各有一扇车厢门,门上也有玻璃窗。整列车从车头往后,分别是:一号行李车,二号至九号硬卧车，其中二号是列车工作人员宿营车，十号软卧车，十一号餐车，十二号至十七号硬座车，十八号空调发电车。

"十号软卧车厢的前部，也就是从九号车厢这侧过来，依次是厕所、乘务室、洗漱室；洗漱室后面是一号至九号包厢；九号包厢后面，也就是车厢的尾部，还有一个厕所。所有的门都开向车厢通道一侧。一至九号包厢内都各有四个软卧铺位，所以一共是三十六个铺位。以一号包厢为例，两个下铺分别为一、三号铺，两个上铺分别为二、四号铺，后面以此类推。"

讲到这里，李大鹏看了一眼列车长。列车长轻轻地点了下头。李大鹏紧接着翻开了票夹本，说道："整节软卧车厢里，除了九号包厢的三十三、三十四号铺空着，其余全部有人。同时除了三十五、三十六号是从海港市上车以外，其余的乘客全都是从始发站上车，终点站下车。"

"睡在三十六号铺的就是报案人林锋，睡在他下面，也就是三十五号铺的就是死者文克己。"李大鹏一面将票夹本推给列车长检查，一面继续陈述，"文克己是山海大学的教授，此行他带着自己的学生，包括博士生林锋和其他五个硕士研究生一同去香港参加一个国际论坛。他们只买到两张软卧票，所以那五个研究生都在硬座车厢。

"晚饭过后，林锋的师弟——五个研究生之一——叫郭江南的，来包厢找文教授汇报，不小心把教授桌上的东西全都打翻在地。教授大发脾气，把他们二人赶出包厢，于是两人就站在和十一号餐车的连接处聊天，一直到九点半熄灯以后。

"稍后，林锋返回包厢，曾尝试打开包厢门，但包厢门已锁。文教授听到他拉门，骂了一声'滚'，他便重新回到车厢连接处。此事，他说有一位女士恰好经过他身旁，可以为他做证。

"经过武昌以后，换班列车员马金将软卧车厢两侧的通道门全部锁了。这之后，只有郭江南进过软卧车厢，他经过九号包厢去了车厢前部的厕所，被坐在乘务室的马金看到，但是马金并没有注意到他返回。

"大概十点半，车厢连接处的两人散了，林锋先去了洗漱室简单洗漱，然后回到九号包厢，门依然锁着，于是他请马金帮他打开包厢。进去以后，他把地上散落的东西收拾了一下，但是当时他并未发现少了教授的放大镜，就回到自己的铺位上睡觉了。后来火车一次严重的晃动把他吵醒，他觉得不对劲儿，接着就发现文教授死亡。"

李大鹏说得口渴，端起保温杯喝了一大口。列车长和陈宗纬同时点点头，两人都暗自佩服乘警长的记忆力。

"小陈，把你刚才拍得的照片拿出来。"李大鹏一边说着，一边伸手接过陈宗纬的手机，按着按钮一张一张照片翻过，"包厢的门是从里面锁住的，小窗虽然没有上锁，但是关得很严，用里面的把手才能很费力地拉开。室内地板上并无杂乱痕迹或任何异物。文教授的死状非常诡异，肢体毫无挣扎痕迹，并不像是心脏病发作的表现，而且他是随身备着治疗心脏病的药和其他营养药的。他脖子上的伤口也很奇怪，正如林锋所说，像是毒蛇咬的一样。根据尸斑的颜色、形状，再结合环境温度，文教授的死亡时间应该在林锋报案前两到三小时之间。"

"难道这个教授真的是被蛇咬死的？"列车长终于提出了他的第一个问题。

"难说，"李大鹏答道，"我检查了文教授的五官，确有出血的情况，应该说就是中毒的症状，但是具体的分析还要等刑事技术部门的尸检报告才能确定。"

"我们每个车站的安检可是很严格的，像蛇这种危险的动物应该是不能带上车的。"列车长摇着头，对自己刚才提出的问题表示否定。

"是不是还有另外的可能？比如有人用和地高辛外形一样的毒药替换了真正的药片，然后又制造了被蛇咬伤的伤口，可能是为了掩盖毒药的来源或者其他。"陈宗纬问道。

李大鹏未置可否，又喝了一口水，放下水杯后，他摇了摇头，说道："重点不在这里。"

"嗯？"另外两人异口同声，满脸疑惑地看着李大鹏。

"刚才两人的叙述并无矛盾之处，如果他们讲的都是真话，那么再结合现场初步的调查结果，文教授的死应该发生在车厢熄灯之后，从林锋被骂到他回到包厢准备睡觉的这段时间里，中间只有郭江南和两个小孩儿走过车厢通道。"李大鹏低头翻阅着陈宗纬所做的记录，再次抬头望着面前的二人。

二人齐齐地点头。

"林锋说有个女士亲眼看见他没有拉开包厢门。而郭江南独处的地点——也就是他去的厕所，在通道的另一边，"李大鹏一边说，一边用笔在陈宗纬的记事本上画出了十号软卧车厢的平面布局图，"也就是一号包厢这一侧，和九号包厢中间隔着最少八个包厢的距离，从空间上来讲，他是无法靠近九号包厢作案的。"

"他去这一侧的厕所，一来一回会有两次路过九号包厢的门口，"陈宗纬伸手指着李大鹏画出的草图，"他可以借这两次机会进入包厢作案……"

"好，就算他能从外面打开包厢门，可是他怎么保证进入包厢不被人看见呢？"李大鹏打断陈宗纬的分析，瞪大眼睛看着他，"就算他进去的时候凑巧没有被人看到，可当他要出来的时候，如何保证走廊上没有人看到他呢？他不怕被列车员或者站在连接处的林锋看到他进出包厢吗？"

"噢，对，这些细节我没有注意到。"陈宗纬挠着头，略有点难为情地说道。

"车厢两侧的通道门是上锁的，前面这侧的乘务室里有列车员马金，末尾这侧的通道门外一直站着林锋和郭江南，他们的位置客观上证明了没有这节车厢以外的人进出过。"李大鹏用笔在自己刚才所画的布局图上圈出了十号车厢两侧的通道门，然后又点了点九号包厢的位置，"再看车厢里面，包厢的门也是上锁的，根据刚刚我们的分析，通道上也没有人有机会进出九号包厢。这不就是形成了一个双重的密室吗？"

"密室？您是说密室杀人？"陈宗纬提高音量的声音里除了紧张之外，似乎还隐藏着一丝兴奋。

"对，没错。"李大鹏抿着嘴点点头，"凶手的作案方法看上去漫不经心，实际上却是非常隐蔽的，而且相对于行凶手段，他全身而退的方式更让我摸不着头绪。"

这下摸不着头绪的轮到列车长和陈宗纬了，两人张大了嘴，半晌说不出话来。

"第一次跑长途任务，就遇到这种……这种案子！"陈宗纬瞪大了眼睛，握着拳，望着李大鹏，"领导，下命令吧。"

"年轻人，别激动。"还没缓过来的列车长按住陈宗纬的手，问道，"密室杀人？那不是电影和小说里才有的吗……"

"列车长，我们的列车已经失去了动力！三分钟后就要停止运行了！"

李大鹏刚要说点什么，大家的对讲机里竟都传来了火车司机的声音。

三个人都不相信自己听到的这句话，仿佛进入了梦境一般，满脸疑惑地互相看着对方的脸，等着对方告诉自己是听错了。

"你说什么？再说一遍！"列车长拿起对讲机，大声地问道。

"我们的列车已经失去了动力，正在向前滑行。"

还没等列车长做出任何反应，李大鹏的身体竟突然像触电般一震，跳起来直接向外跑去。

"您去哪儿啊？"陈宗纬紧跟在后面喊道。

4

"汨罗站,"对讲机里,火车司机答复的声音和列车长的声音一样,充满了"沙沙"的背景噪声,模糊得让人刚刚能够听出内容,"刚过荣家湾站。"

列车长询问过火车司机沿线最近的小站后,放下对讲机,望着漆黑的窗外,心里盘算了一下:看来,所有的通信和电力失效是有关联的,一定是这场几十年一遇的极端冻雨雪天气造成的,要做好在短时间内无法复原的准备。如果一直停在现在这片荒野山区里,周围是根本不会有人家的,往前离汨罗站有四十多公里;往回,荣家湾站已经废弃,要到再上一站麻塘站也大概有四十公里。这样的冰雪原本是属于北方的冬天,南方可能没有任何的应对措施和清雪设备,估计公路上也有无数车辆滞留。从这里到最近的县道的方向上,还有一条五十多米宽的新墙河拦路,这样徘徊在零度上下的气温,河面是不会结冰的。尽管现在列车上情况特殊,但是从现状来看,暂时无法和外界取得任何联系,只有靠我们自己了。

失去动力的列车在山谷间向前滑行,像一匹冲锋的老马,显得力不从心。火车司机并没有急刹车,而是缓缓地将列车速度降了下来。列车长拍了一下大腿,拿起对讲机,通知各个车厢列车员列车即将半路停驶的消息,并命令大家锁好车厢门,严禁任何人离开列车。此处步行到最近的山里人家估计也要十几个小时,加之外面如此恶劣的天气,倘若有人在外面摔坏、冻伤或是走失,那后果不堪设想。而如果有人问起停车的原因,为避免议论引起不必要的混乱,就回答"临时停车,故障检修",其他一概不知。

收起对讲机,列车长倍感压力,全车人员的安全都系于列车班组,眼下还有这样一桩诡异的命案——真是倒霉透了!想到这儿,他迅速起身,往餐车外面走,去看两个乘警到底跑到哪儿去了。

乘警长李大鹏此刻正站在十号软卧车厢尾部的车厢门外。他已将车厢门打开,自己则站在门外的踏步台阶上,不顾深夜山里的寒风和让人睁不开眼的雪花,举着手电筒,向九号包厢的窗外探察。身后是随他一起的年轻乘警陈宗纬,他站在车厢门的边上,任凭风雪打在自己的脸上、身上,左手抓住车厢门内的把手,右手紧紧拉住李大鹏钩在门外把手上的左臂,虽然车速已经降下来了,但是一旦失手滑落仍然会摔得很惨。

列车长来到他们身后,大声问道:"你俩干吗呢?"

"列车长——"陈宗纬甩了一下帽子上的雪,回头大声答道,"你来劝劝他,外面风这么大!"

列车长挪到门口，也探身到门外，扭头向列车的头尾两端望去。外面漆黑一片，两侧高山的黑影也不知距离有多远，车头那端驾驶室处隐隐地有些微弱亮光，另一端夜晚不熄灯的六节硬座车厢仍然有来自空调发电车的电力供应。借着车窗透出的光，列车两侧的地面上反射出晶莹的色泽，连铁轨下外侧露出的枕木都已经被雪和细小的冰粒覆盖得看不出来了。

列车长低头看近处的李大鹏，后者正屈身查看洗手间窗户的下方以及身下的台阶。看清楚后，列车长赶紧把身子缩回车厢，风没有刚才那么大了，列车的速度也慢慢地降了下来，直到完全停止。列车长抬手看表，确认了一下时间：午夜零点五十五分。此时此刻他们还不知道，这场由南方五十年一遇的冻雨、暴雪灾害引起的交通、通信瘫痪会给他们带来什么。

李大鹏把身子挺直，稳稳地站在车厢门外最低的一节台阶上，回头望向两人："九号包厢离厕所和车厢门这么近，我怀疑凶手利用了这个位置。"说着，他身子往后一闪，在身前腾出空间来，用手电筒的光束从脚下指向九号包厢的窗户。

"我记得你刚才不是说，这是一个双重密室吗？"列车长问道。

"是，也不是。'密室'一定都是对侦查者存在而对行凶者不存在的。"

"什么意思？"列车长的大脑已经被一连串的意外冲击得无法运转。

"虽然通道门和包厢门两道门都锁着，车厢通道里还有列车员或者其他人在，但是在凶手眼里，这些根本就不是必须通过的障碍。"李大鹏看着另外两人疑惑的表情，招手让他们出来看，"还记得那扇小窗吗？是没有上锁的。凶手完全可以从这里或者从厕所的外面爬到包厢的窗外，然后打开上面那个小窗，对教授下手。"

"这怎么爬呢？难道凶手是蜘蛛侠吗？"列车长好奇地走下台阶，挤到李大鹏身前，打开手电筒像模像样地观察。

陈宗纬紧挨在列车长身后，听到"蜘蛛侠"三个字，竟憋不住笑了起来。

"咱们列车车厢对应车厢门上面的车顶两端，都各布置了一个略高出车顶的空调外机，"李大鹏依然满脸严肃，"如果凶手利用车厢门后，车厢端面上检修用的爬梯，把绳索一端绑在爬梯上，把空调外机当成木桩，将绳索从外机上绕过、牵回来，另一端绑在自己身上，就可以从这里荡到九号包厢的窗外，从而实施犯罪。"

"绳索的把戏不是连很多推理小说作者都很鄙视的方法吗？"陈宗纬不假思索地接话道。

"我偶尔也会看这类小说，最近的一篇，竟然还给出了'利用室内拖布杆进行撑竿跳，所以现场没有脚印'的解答。"李大鹏面露嘲讽，提高声调，"现实当中，哪有这么'奇幻'的作案手法！绳索才是常用的作案工具。你以后啊，少看这类书。"

被领导教育了一下，陈宗纬的表情逐渐僵硬，收起了笑容，恢复了之前的沉默。

"马金一直没有看到任何人从连接处走过，我们也一直在这个连接处和两节车厢里活动，就算凶手手里有内三角钥匙，他也不敢从这儿开门进来吧。况且列车的速度又这么快，他在这儿行凶之后往哪儿跑呢？"列车长回头瞥了一眼陈宗纬，把话题重新拉回正轨。

"我也是刚刚想到这儿，"李大鹏恢复了之前的声调，"万一凶手行凶后，一直藏身在车厢门外的踏步台阶上，打算等列车进站减速时跳车逃走。而对讲机里突然说列车要停了，我怕凶手趁机跳车，才突然跑出来的，虽然连线索都没发现——可能凶手有其他我们没有想到的逃脱方式，但起码保证他应该还在车上。"

"他不能藏在车顶吗？"

"列车长，你忘了，车顶可是有高压线的。"

"那你刚才还说他可以把绳索绕过空调外机，不上去怎么绕啊？"

"这可能要冒一点险，其实不用站在上面，只需要爬到跟车顶同高或稍低一点，就可以把绳索沿车顶平行地甩过去。"

"那你不上去看看？"说着，列车长就要爬上爬梯。

"车顶常年暴露在外，就算绳索在上面留下痕迹，咱们也很难分辨。"李大鹏边说，边把手电筒照过去。

列车长像没听懂一样，继续往上爬，不一会儿就悻悻地下来了。

"嗯，确实看不出什么，也许得等天亮才能看得更清楚一点。"列车长关上手电筒，两手搓了一下冻僵的脸，"走吧，咱们进去吧。"

三人退回车厢，列车长帮陈宗纬关上车厢门，李大鹏掏出三支香烟，自己叼上一支，剩下两支朝前递过去。其实对面的两人都不抽烟，陈宗纬摆摆手，但是列车长犹豫了一下，还是接过来了。李大鹏先凑过去帮他把烟点着，列车长深吸一口，剧烈地咳嗽起来。李大鹏脸上露出了久违的笑容："怎么样，不冷了吧？"说完，也给自己的烟点上，连着吸了两大口，"你估计咱们得停多长时间？"

"不知道。"列车长强忍咳嗽，一脸苦笑。

"以你的经验呢？"李大鹏吐出一个烟圈。

"在东北有过那么一次，因为下暴雪。但是东北本身有预案，有清雪设备，还有内燃机车头，可以紧急时替换电气车头，那次——也就停了两个多小时。"

"那这边儿肯定是都没有啊。还不得停到明天吗？"

列车长明白了李大鹏的意思，就把自己刚才的想法跟两位乘警和盘托出了。

"就算派人到最近的车站，也就是镇子上，就这种天气，还得带上吃的，估计得走一天啊，万一再病了、伤了……这还有一车人呢，我得为他们负责……况且，办案人员怎么来呢？"列车长摇摇头，"我的意思，全员在这里等待救援，任何人不许离开列车，每节车厢都有人值守，凶手也无法逃脱。

上头的人不会不知道我们已经失去了通信和动力。你看看在这个前提下，我可以做点什么？"

李大鹏默默地皱着眉头又吸了两口，把烟夹在手中，重重地点了两下头："那明天早饭后，我要问询一下每个包厢里的乘客，检查软卧车厢里每个人的行李、衣物。"

"好的，但是你不能透露发生了凶案，以免引起大家的恐慌，就说是例行检查。"

"得请你给广播一下，找一个法医。"

"怎么找？就说软卧车厢需要法医吗？"

"你可以说找医生啊，没有法医，医生也行。"

"好吧。"

"还要用到餐车的厨房，我想用那里做个临时的问询室，单独问询文教授的每个学生。"

"没问题，但是要给我留出准备午餐的时间。"

"其他的，到时候看。"

"好，估计明天下午咱们的车就可以启动了。"

两人说完，几乎同时看了一下手表，已经是后半夜两点一刻了。列车长还是不放心，要去叮嘱马金和林锋几句，李大鹏和陈宗纬待在原地等他。五分钟后列车长返回，三人一同悄悄地走回二号宿营车，上床歇息。

一切还要等天亮再继续调查。

这茫茫山野中的第一夜，虽然换了一个比硬座不知舒服多少倍的硬卧，熄了灯的车厢里只有些许的鼾声，但叶青并没有睡好，自从她回到七号车厢自己的铺位上，就一直琢磨今晚的事。那间软卧包厢里确实是死了一个人，舅舅那么严肃地勘查现场，把自己赶回来之前还要求她务必要对此事保密。喜欢读推理小说的她，怎么也没想到在这趟旅途中还会遇到这样意想不到的事。是不是像阿加莎·克里斯蒂的《东方快车谋杀案》一样？也许正是一件如小说里描述的那样匪夷所思的奇案呢！到底是怎么回事？明天一定要找舅舅问个明白。脑海里放不下这些事，她夜里辗转反侧，甚至还梦到列车被暴风雪所困，停在半路无法动弹……

第二天，天刚蒙蒙亮，叶青就迷迷糊糊地醒来了，她躺在铺上，看了一眼手机，还是"无服务"，只有时间显示还是正常的——六点二十五分。

"这是停在哪儿了？"她对面铺的一个大姐见她醒来，侧身低声问道。

"不知道。"叶青缓缓地抬起眼皮看向对面的大姐，车厢确实没有晃动，也没有那种车轮滚过轨缝的规律声响了。

"从睡醒一直都停着，你看看。"大姐继续说道。

看来大姐睡醒有一会儿了，叶青伸了一个懒腰，努力从铺位上坐起来，伸手把窗帘拉开一个缝，向外望去。窗外无论是远处的山还是近处的树，都是银白一片，晃得叶青赶紧闭上了双眼。一夜的风雪后，列车下的地面光滑得像纯白色的奶油蛋糕，石头、小草全被雪掩埋，整个世界仿佛只剩下一种颜色，让人不免产生落寞之感。

"可能是个小站吧。"叶青放下窗帘,准备起床洗漱。

"不像……"大姐也坐起来,摇摇头,拎起暖壶,给自己添了一点热水,"哪有站台啊?"

叶青起身,到车厢通道里,按下折叠椅,一边坐下,一边拉开这一侧窗户的窗帘,想象中的小站站台并未出现,她揉揉眼睛仔细地看过去,映入眼帘的和刚才对面那侧的景致相差无几:远处的山上也是白茫茫一片,每一棵树上,枝杈和叶子都裹上了一层冰晶,那是白天化掉的雪水又在夜晚的冷风中冻结形成的。近处脚下五六米开外,是另外一副与列车平行的铁轨,孤独地横在雪地中间,向前后无限地延伸。也许列车真的被"暴风雪"困住了,叶青心里想着。

随着疑问的产生,车厢里起身的人越来越多,大家都站到窗前,望着茫茫雪地,互相叽叽喳喳地讨论起来,声音嘈杂。

不一会儿,随着列车员站到车厢的门口,列车广播中发出了一个温暖甜美的女声,以列车长的名义告知大家列车只是临时停车,启动时间还要等待前方的通知,希望大家能够配合列车员和其他工作人员的工作,待在车上,静候佳音。

乘客们听完两遍广播,短暂地安静了一下,就又重新陷入了嘈杂。一些乘客面露焦急,见到列车员就问停车的原因,列车员只说是供电设备故障检修,至于开车的时间和手机信号的问题,他们则只能得到"不知道"的答案。另一些乘客则气定神闲,洗漱过后,开始准备自己的早餐,边吃边攀谈起来。

叶青正独自望着窗外发愣,车厢前头一前一后快步走来两个人,没错,正是两位乘警。陈宗纬走在前面,一进门就看见叶青坐在折叠椅上,他挥了几下手,无奈叶青并没有朝着这个方向看,等快到近前,他只好低声叫了她一声,叶青回过神来,报以慵懒的微笑。

"早啊。"

"早,睡得怎么样啊?"

"还行,就是做了个梦……"

"是不是梦见火车停了?"陈宗纬笑嘻嘻地问道。

叶青微笑着没有搭话,站起身来看了看舅舅。李大鹏脸上浓密的胡楂更加明显了,倦怠的双眼布满血丝,嘴唇都干裂地起了皮,看上去好像整夜没睡一样。

李大鹏舔了一下嘴唇,说道:"走吧,餐车吃早饭去。"

叶青点点头,拿上手机,跟在两人身后,一同朝餐车走去。

早餐期间,李大鹏为了节约时间,安排陈宗纬饭后去软卧车厢检查文教授、林锋及每个乘客的行李、衣物,并对特别的物品进行拍照记录,还要和其他乘客复核昨晚那两人的记录;同时,自己将带着叶青在餐车厨房对文教授的学生进行问询;两边都结束之后,在厨房碰头,一同再去软卧车厢外面,查看是否有遗漏的线索。陈宗纬快速吃完,把问询记录交给对面的叶青,起身便去了软卧车厢。叶青接过记录翻看起来,尽管陈宗纬的字迹潦草,她仍慢慢地放下了手中的早饭,越看越入神,越看越惊讶。当她读到"文教授的学生郭江南"时,竟不自觉地发出了"啊"的一声。李大鹏赶紧把食指贴在嘴边，做出嘘声的手势。尽管餐车里的其他乘客并没有特别注意叶青的举动，她仍迅速捂住了自己的嘴，眼睛偷偷扫视了一圈周围的人。

"咣当"一声，一个盛满餐食的餐盘放在叶青面前的桌上，列车长不知什么时候站在了叶青对面，"怎么了？"他轻轻坐下，低声问道。

"小陈去检查软卧那边了，我这边需要一个人做问询记录。"李大鹏抢先答道，"这是我外甥女——叶青。"

"好像，昨晚在软卧包厢……"列车长拿起筷子，回忆道。

"列车长，是的，是我。"叶青微笑地答道，"我也是昨天才知道我舅舅在这趟车上执勤。"

"哦，相请不如偶遇啊，欢迎来帮忙。"说着，列车长放下筷子，伸出右手。

"警民一家嘛。"叶青依旧是笑吟吟的，但是却递给列车长一个勺子。

"嗯？嗯，对对。"列车长接过勺子，尴尬地笑了笑，"可不是一家嘛，呵呵。"

李大鹏和叶青先吃完，又陪着列车长稍坐了一会儿，在聊天的过程中，李大鹏才知道叶青在补到硬卧之前，是跟文教授的几个学生坐在一起，他们还就读于同一所学校，甚至叶青还和郭江南认识。三人都不由得感叹，世界真是太小了。

列车长吃完早饭，一边擦嘴，一边抬手看了一下表，七点一刻，换班的列车员应该都起来准备吃早餐了。他拿起对讲机，通知所有列车员，从今早开始，由于列车停驶，执勤换班从原来按照站点换班的办法临时改为按照时间换班，班数依然不变——卧铺车厢两班，硬座车厢三班。

"我得去广播找医生了，有事对讲机叫我或者去办公席直接找我啊。"列车长放下对讲机，微笑地看着李大鹏，"这边就交给你了，别忘了，杀人凶手还在车上。"

"好。"李大鹏点点头，"但愿车上能有个法医。"

送走了列车长以后，八点整，早餐供应完毕，餐车服务员马上把厨房打扫出来。

站在厨房门外，叶青问道："咱们先找谁谈？"

李大鹏右手掐着一支烟，在烟盒上磕了三下："嗯，先请你熟悉的那个，那个郭——郭什么来着？"

5

"江南……"

十三号车厢里，文教授的五个学生刚吃完早饭，他们对前夜发生的事情还一无所知，面对眼前中途停车的情况也是无可奈何，各自百无聊赖地捧着手中的书，打发时间。

叶青走到江南身后，喊了他一声，同时微笑着向之前一起玩游戏的周氏兄妹摆摆手。两人放下正吃着的泡面，问道："怎么回来了？"

"啊，来找他们几个，有点事情。"叶青一时也不知道该怎么回答。

"师姐，是不是待着无聊？"江南站起身来，伸了个懒腰。

"对啊，你来一下。"

"什么事啊，这么神秘？"江南仍是慢吞吞的。

姚思琪抬眼瞥了一下江南和叶青，把保温杯递给了他。江南接过杯子，跟着叶青向车厢连接处的电茶炉走去。

"一会儿到了你就知道了，走吧。"

"等下啊，我把水给她送回去。"江南把滚烫的热水打了大半杯，又兑了一点冷水，把杯子盖好，返回去跟姚思琪嘀咕了两句，就跟着叶青前往餐车了。

到了餐车厨房门外，叶青停下脚步，敲了两下门，推门而入，身后的江南虽一脸的不解，也还是跟着进来了。他上下打量，发现坐在他对面的是一个身穿制服的老乘警，一只手里玩着打火机的火石滚轮，另外一只手里举着一本记事本，认真地看着。

"把门关上。"李大鹏听见二人进来，抬头盼咐叶青。

"您——您找我？"江南有点丈二和尚摸不着头脑。

"没错，请坐。"李大鹏连语气都很客气，"我是这趟列车的乘警长李大鹏，有一点事情，需要找你了解一下，请你配合我们工作，谢谢。"

江南没说话，觉得这客套后面一定有事情，便轻手轻脚地坐在了面前的椅子上。叶青见他坐定，也坐到舅舅身边，拿起笔，准备记录。

"昨天一天，你在哪儿？"李大鹏问道。

"我怎么了？"

"你先别急，你没怎么。先回答问题，一会儿我会告诉你的，好吗？"

"我——我就在车厢里，还能去哪儿啊？"

"有没有到软卧车厢？"

"啊，那是晚饭之后，我去向导师汇报课题。"

"只有你一个人去吗?"

"一个人去?"江南顿了一下,"你是说昨天一天的话,那就只有刘闯师兄没去,难得见导师一回,还不赶紧去汇报,我是最后一个,就排到晚饭后了。"

"你汇报完去哪儿了?"

"唉……没汇报完,就被导师赶出来了。"江南没等李大鹏问,就继续解释道,"我挪手提电脑的时候不小心把导师桌上的东西都给碰掉了,后来收拾的时候还把眼镜和放大镜给踩坏了。"

"你是被赶出来的?"

"导师是不是丢什么东西了?我可没拿!"

"不是你,"李大鹏未动声色,"那是谁啊?"

"我跟师兄一块出去的,我哪知道啊?"江南一脸委屈,"我真不知道。"

"那是不是你师兄呢?"

江南仍是摇头,不作声。

"后来你们俩去哪儿了,一直在一块儿吗?"

"我们俩到车厢外面聊一聊最近的课题进展,好像聊了挺长时间吧。"

"其间你们俩有没有回过车厢,上厕所什么的?"

"这么一说——"江南噘起嘴、歪着头回想了一下,"师兄好像是中间回去了一趟,你们还没审问他吗?"

"我们这叫问询,不是审问。"李大鹏正色道,"说你的事。"

"噢,他就回去了一趟,你们是不是怀疑他?"

"他进包厢了吗?"

"我没看见,你们得问列车员。"

"大概去了多长时间,你记得吗?"

"具体没注意,"江南摇摇头,"不过,我记得他回来说导师还没消气,应该是回包厢了吧。"

"那你中间回去了吗?"

"我就是去上了趟厕所,没回包厢。"

"都是在熄灯以后吗?"

"嗯,是的。"

"熄灯以后,卧铺车厢不是都锁门了吗?"

"啊,餐车的列车员帮我们开的门。"

"熄灯还不回去休息啊?"

"熄灯以后,我们就扯了会儿别的。"江南有点不耐烦了。

"你回到硬座车厢时几点了?"

"大概十一点吧。"

"有人能证明吗?"

"大家都睡了,没睡的人我也不知道他们注没注意我啊。"江南撇了一下嘴,"警察叔叔,您这么问,就能把东西找回来吗?"

李大鹏拿过他的保温杯,拧开盖子,慢慢吹了几下,抬起头平静地说:"你们导师——死了。"

"啊——什么?不可能!"江南脸上刚才那副不耐烦的样子

瞬间消失不见了，取而代之的是因为惊恐而变形扭曲的脸。他瞪着眼、张着嘴，脸颊的肌肉随着气喘微微地抽搐着。他的背弓起来，脖子向前探着，仿佛在等人告诉他这只是个恶作剧。

叶青停下笔，抬头望着眼前的师弟，微微点了下头，转过头又看着舅舅。李大鹏先喝了一口水，说道："你先回去吧，后续有什么需要调查的，我们会再请你过来，你回去也想一想，有没有什么遗漏的细节没有告诉我们。"

江南好像没听见一样，呆坐在椅子上半响没动，等他回过神来，望着叶青问道："导师是心脏病犯了吗？"

"你觉得如果是心脏病，还用——"

"叶青啊，你记录完了吗？"叶青刚答了一半，就被李大鹏厉声打断，他转向叶青，瞪着她。叶青明白自己已经说多了，硬是把后面的话生生咽了下去。

"怎么可能！"江南似乎明白了什么，"不会是师兄吧？"

"为什么？"李大鹏追问道。

"包厢里只有他跟导师两个人，不是他还能是谁？我们聊天的时候，他说导师今年又不允许他毕业，可是今年再不毕业，他国外的女朋友就要跟他分手了。"

"唉，你说到这儿，我有个问题，"李大鹏没接他的话茬，"你们的车票是怎么买的？怎么你们几个人都在硬座？"

"啊？"问题突然的跳跃，让江南有点措手不及，"这不是赶上春运嘛，开始买不到，后来我联系了一个黄牛，好不容易才搞到两张软卧，其余都是硬座。"

"你联系的,花高价了吧?为什么不坐飞机呢?"

"没办法,导师有恐飞症,心脏还不好——导师他是怎么死的?"

"实话说,"李大鹏放下水杯,"到现在我们也没有搞清楚。"

江南将信将疑地点点头,又陷入了沉思。李大鹏对着叶青耳语了一阵,叶青站起身说:"江南,回去吧!"

"嗯?"江南像在沉睡中被唤醒般,"啊,对,回去。"

和叶青返回硬座车厢的一路上,江南都皱着眉头,一言不发,直到十三号车厢门口,还是一副若有所思的样子。叶青理解这种突发状况带给人的冲击,会让人瞬间变得焦虑、紧张,手足无措。

当二人走到他们的座位,坐在三人座最里面的孙慧颖正好从卫生间回来,看到二人回来,报以浅浅的微笑,便准备入座。

"慧颖吧?"叶青急忙叫住她,"你先不用往里坐了,跟我来一下。"

座位上的几个学生都很疑惑,刘闯问道:"江南,这是怎么了?"

江南只是抿着嘴看着他,摇摇头。

叶青定了定神,俯身下来,挥手让几个学生靠过来,压低声音:"你们要保密啊,千万不能声张!"然后她一个一个学生地看过去,待大家都坚定地点头同意之后,才再开口,"文教授，死了……"

"什么？"大家几乎是异口同声，虽然都是低声，但还是引来通道对面乘客的注意。

叶青马上用食指放在唇边，做了一个噤声的手势。一瞬间，五个人都像雕塑一样，张大的嘴、夸张的表情和僵硬的身躯全部定格。

"一会儿再说，不要讨论！"叶青一边直起身，一边抖动竖起食指的那只手，抿紧了嘴唇，睁大眼睛扫视每个人的脸。

"慧颖，你先跟我来。"待大家都镇定下来，叶青带走了孙慧颖，她仿佛能听到身后的车厢在她离开之后，大家一拥而上围住江南七嘴八舌探听的声音。

餐车厨房门一开，走进来一个烫着卷发，未着妆容的女子，她穿着一件红黑方格子的长袖连衣裙，外面披了一件奶白色的针织衫，看上去文文静静的。李大鹏的眼神越过她，望向跟在后面的叶青，叶青马上介绍道："孙慧颖——这是乘警长李大鹏。坐吧。"说着，她也坐到对面。

"您好。"孙慧颖的声音带着一点隐约的哭腔，她伸手搂过身后的裙摆，坐在椅子上，双手插进针织衫的口袋里，等着对面的问询。

"你没事吧？"

李大鹏一问，孙慧颖摇头的时候，眼泪竟夺眶而出，叶青赶紧拿出自己的纸巾递过去。孙慧颖擦干了眼泪，平静了一下。"对不起。"她尽量控制自己的呼吸，"导师，怎么会死了？"

"我们也在调查。"

"调查？为什么是调查？"

"一般来说，非正常死亡是需要调查的，但是车上并不会配备法医，我们正在尽最大努力去找。"

"是不是跟这个有关？"说着，她伸手到针织衫里面，从连衣裙的装饰口袋里掏出一张折了好几层的白纸，递到李大鹏和叶青面前。

李大鹏接过来，直接展开，轻声地读起来，只见上面写着：

再次声明：收到此信，代表你已接受这项任务。

本月底，请务必在你导师到达澳门与我们交易之前，取得"能协3号"芯片的算法密码。届时，会有人与你联系。

二十万元已转入你账户，尾款会在密码生效后再行转入。

如任务失败，你将承担一切后果。

"什么意思？"叶青也凑过来，跟李大鹏一样，被这封短信搞得云里雾里，"这是什么？"

"我只知道'能协3号'芯片是一个保密项目。"孙慧颖摇摇头，"别的就不知道了。"

"这是从哪儿来的?"李大鹏的眉头紧锁,声音很轻,像是自言自语,又像是在轻声地发问。

"那天江南去找导师以后,我正好打热水回来,不小心把保温杯掉在地上,蹲下捡杯子的时候,发现一个江南的资料袋,袋口露出半个牛皮纸信封。"孙慧颖清了一下嗓子,"一般我们的奖学金或者助学金账单都是用这样的信封装的,我有点好奇他今年得了多少,于是……"

"有没有其他人看见?"

"我起身的时候把这张纸放好了,没有人看见。如果不是今天出了这样的事,我还在犹豫这个东西到底该怎么办呢。"

"嗯,这可能是一个很重要的线索。"李大鹏先表示了肯定,"那你知道或者听说文教授有要和谁交易的事吗——这上面写的?"

"从来没有。"

"好,"李大鹏点点头,"还有什么吗?"

"没有了。"

"昨天下午你也去找文教授了吗?"李大鹏还是要问清楚她昨天的行踪。

"对,下午三点多吧,导师难得有时间。"

"嗯,当时有什么特殊的情况吗,哪怕是很细微的?"

"没有。"孙慧颖不假思索,"导师一直在跟我讨论,我记得挺清楚的,没什么不一样啊。"

"当时林锋全程都在吗?"

"嗯，在的。"

"那你之后是谁？"

"是安志国，江南没跟你们说？他俩是室友。"

"哦，那你回去以后，发现有什么不一样的吗？"

"就是除了那封信，没有别的了。"

"好，那再想起什么的话，可以直接来找我或者叶青，但是这封信的事一定不要对其他任何人讲，好吧？"

"好的，是不是还要叫下一个人来？"孙慧颖点点头，站起身来，格子裙的裙摆在她的黑色短靴前微微地晃动。

"啊，麻烦你叫安——安志国来吧。"李大鹏看了一眼叶青，确定自己没有说错名字。

孙慧颖关上门以后，李大鹏把那封信递给叶青，自己默默地喝起茶水。叶青又仔细看了一遍，还把信纸翻过来看了看背面，并没有额外收获。

"会是江南吗？"叶青问道。

"不相信吧，知道墨菲定律吗？"李大鹏放下茶杯，"生活中很多时候，你越不希望发生的事，往往就越容易发生。"

"他不像那样的人，我是不太相信。"

"那你觉得他们哪个像啊？你真的了解他吗？"

对啊，谁又能真正了解别人呢？何况只是一个以前的同学。叶青只是在心里默默地说，没有反驳。

过了一小会儿，厨房的门外响起了敲门声，李大鹏说了一声"请进"，门就缓缓地开了。安志国推门而入的动作好像被放慢了一样,他先是从门后探出头来,脸上微微一笑,然后两腿轻轻地迈进来,仿佛怕惊扰了正在睡觉的婴儿。叶青发现坐在这个位置看过去,每个人走进来的时候,跟此前在车厢里完全不一样,到底是因为文教授死去的消息给大伙造成的震撼,还是因为自己所处的视角已经由旁观变成了审视,她也搞不清楚。

安志国坐在椅子上没说话,他先是摘下眼镜,用白衬衫的衣角擦了擦,再把外面牛仔夹克撸起的袖子放下,然后掸了掸军绿色休闲裤的裤脚,直起身重新靠在椅背上。

李大鹏静静地看着他这一系列的动作做完,才张口自我介绍了一下,紧接着问道:"安志国,你跟郭江南是室友?"

"是。"

"这段时间,他有没有什么异常的举动?"

"异常举动?"安志国瞪大了眼睛,"这——没有吧,怎么了?"

"就是说他最近这一两个月时间,有没有跟之前日常生活不一样的地方?"

"我想想哈……"安志国的眼珠开始骨碌碌打转。

厨房里瞬间安静下来,叶青打了一个哈欠,赶紧用手捂住嘴,生怕一点响动影响了安志国的回忆。

"哎!"安志国眼前一亮,"这个算不算——他最近跟姚师姐谈恋爱了!"

"嗯?说说看。"李大鹏放下了正在揉搓额头的手,坐正身子。

叶青撇着嘴看着眼前这两个人,仿佛看着社区楼下一边嗑瓜子一边讨论邻居八卦的两个大妈,眼里充满了鄙夷。

安志国看了一眼叶青,也不好意思地笑了一下,但随即收起笑容,说道:"他好像是追了师姐很久了,听说是从大四的时候开始的,师姐一直没答应他,也不知道他圣诞节使了什么大招,回来以后就拉着我一直说,说他终于成功了。"

"细节上呢?有什么变化?"

"细节上啊,这怎么说呢?出去得更早了,回来得更晚了,整个人都有点'嗨',张口闭口都是炫耀这事。可是,这都是正常的吧!"

李大鹏也了解,处于热恋中的人不就是这样嘛。他默默地点点头,换了一个问题:"你们这次车票是谁买的?"

"是江南搞定的。本来呢,导师的行程都是姚师姐负责的,毕竟是师姐嘛,比我们这些男生要细致一些,导师还是更放心她。"安志国舔舔嘴唇,"这不江南成了师姐的男朋友了,师姐实在是买不到卧铺,他不知道怎么找了一个厉害的黄牛,才搞到这两张——还是软卧,确实够牛啊!"

"就是说,平时的话,都是姚思琪在负责导师的订票、订酒店之类的行程安排,是吗?"

"嗯,就这一回,可给了江南表现的机会。"安志国语气中带着一丝不屑,"导师的死是不是跟他有关系?"

"你为什么这么问?"

"您的问题都是围绕他啊,他是喜欢出风头,但是他家里好像有点困难,也挺不容易的。"

"你们每个人都有嫌疑。"李大鹏露出一丝微笑,"你昨天下午来汇报的时候,林锋也在吗?"

"全程都在,平时都是他监督我们的。"

"他有没有什么奇怪的地方?"

"他?没有。"安志国摇摇头,"跟平时一样。"

"那包厢里呢?"

"也没有啊,只是有两个铺位空的,这个你们应该早就知道了吧。"

"你汇报完去哪儿了?"

"直接回去啦,车上还能去哪儿啊?"

"好吧,就这么多,"李大鹏低头看了一眼手表,已经是十点三刻了,"午饭后我们再叫其他人过来吧。"

"您最后不应该说'再想起什么细节的话,随时来找我'之类的话吗?"

"呵呵……"李大鹏笑了,"是啊,你都知道了,我就省事了。"

安志国走后,李大鹏刚掏出烟和打火机,敲门声又响了。

6

门一开，包厢内的一切仿佛都被黑白胶片定格了的画面，显得阴沉、压抑。陈宗纬用手按住包厢门，请张医生先进去。

不到一上午的时间，陈宗纬已基本将李大鹏安排的工作完成，事情进展得很顺利，从他的角度来看，自己可真是够高效的。

整个软卧车厢里，出事的九号包厢的旁边——八号包厢和七号包厢里，是两个一同到南方旅游的家庭，和一个回南方老家的老人。八号包厢里是一家四口，男的是公务员，女的是教师，孩子中大一点的是个女孩，上初中一年级，小一点的是个淘气的男孩，正在上小学二年级，他们看上去像是个重组家庭。重要的是在昨晚，他们并没有听到任何特殊的声音，也没有发现任何奇怪的事情。

在这一家隔壁的七号包厢里是一家三口，父母都是环保部门的，有一个男孩，上小学三年级。这两家男女主人都是以前的同学，所以趁放寒假又加上临近春节假期，相约带孩子一起去南方玩玩。七号包厢里还有一个大妈，是从南方到东北帮女儿照顾小孩的，春节到了，她此行是回去和老伴及家人团聚。

六号到一号包厢里，一共是二十四个老人，他们全是参加一个港澳游的旅行团，由于年纪、身体等原因不能乘坐飞机，所以都搭乘了这班列车，随行的导游是在六号硬卧车厢。

前一晚，老人们都早早地躺下休息了，所以在熄灯后，他们中间并没有人出来走动。只有八号包厢的女主人在安顿好两个孩子之后，去了车厢的另一端进行洗漱，等她回来的时候，正好碰到林锋在敲门，包厢里确实有人骂了一句"滚"，而且她确认那是一个男人的声音，当时她还觉得有些不好意思，并没有多管闲事。

陈宗纬一边跟各包厢里的乘客攀谈，一边恳请他们理解支持自己的工作，他谎称根据最新的列车应急管理条例，在长时间临时停车的情况下，要对软卧包厢乘客携带的行李物品进行检查，以防意外发生。在检查过程中，除了普通的衣物和生活用品以外，他并没有任何发现，当然也包括文教授和林锋的。所有人看上去都与昨晚的事没有一丝一缕的关系。

除此之外，陈宗纬还找到了值白班的列车员龚瑞，后者确认了林锋和江南在熄灯之前就从包厢出来，并一直站在车厢连接处交谈，直到他交班，两人都没有离开那里。

陈宗纬一上午说得口干舌燥，正欲去泡杯茶水润润喉，列车长带着一个人来到他面前："小陈，这是张医生，我们这趟车上只有这么一位医生，刚找到的。"

"啊，您好，我是乘警陈宗纬，请问您……"

"我是哈尔滨中医院的血管科医生，是不是乘客有突发状况？"张医生面露焦急，打开手机中执业证书的照片递给两人，"我早上在听音乐，没听到前面的广播。"

"噢，您放心，不是突发，但是的确有状况，麻烦您跟我来一下。"

"那小陈，你带张医生去吧，我去餐车看一眼哈。"列车长说着，快步离开。

张医生跟着陈宗纬到九号包厢门外，陈宗纬嘱咐道："一会儿不管看到什么，请您不要声张，更不能跟其他人说，要保密。"

张医生一下子就紧张起来，他还在迟疑，陈宗纬已经把手套递到他手里了。

展现在张医生眼前的，与昨晚李大鹏和陈宗纬查看过的情景一般无二。他倒吸了一口冷气，疑惑地看着身后的陈宗纬。

陈宗纬紧跟进来，回身锁上包厢门，解释道："这个教授死于昨晚，我们希望能够找一个法医帮我们确认死亡时间和死亡原因，但是列车现在停在这里，我们又无法对外联络，如果直接广播，怕是会引起混乱，所以……"

"我明白了。"张医生点点头，"但我只是一个血管科医生，不知道能不能真正帮上忙。"

"不要紧，您先看看吧。"

张医生点点头，便向前俯身去查看文教授的尸体。他把整个尸体从头到脚看了一遍,然后又查看了死者的面部五官,转身站起,刚要开口,陈宗纬突然想起了什么:"对了,张医生,这个死者有心脏病,您看一下这个盒子里都是什么药?"说着,他把文教授的药盒拿过来,递给了张医生。

"这里面都是些营养药、维生素之类的,"张医生接过药盒,打开看了看,又闻了闻,"还有就是这个了——地高辛,是增强心肌收缩力的,可以治疗房颤和其他心功能不全类的病。"

"这是中药吗?"

"不,西药。"

"那您——"陈宗纬略显局促,"怎么一下就认出来了?"

"呵,"张医生干笑了一声,"中医院也不是只有中医药。再说,这种药是非常常用的,你没看见药片上印着'Digoxin'吗?这就是地高辛的英文单词,错不了。"

"噢——"陈宗纬脸红了,"那您觉得,是心脏病突发引起的吗?"

"我刚想跟你说呢,他的死亡不像是心脏病引起的。"

"那他是……"

"很可能是脖子上的这个伤口,他的死状很像是中了蛇毒。"

"哦?"

"因为我们医院有一些关于蛇毒应用的研究项目,我个人对中毒症状也有一定的了解,所以我基本可以确定,他是死于中毒,毒发的症状和一种极剧烈的蛇毒非常相似,这种蛇毒会瞬间从伤口处扩散，导致神经麻痹和内出血。所以你看，他脸上的表情是肌肉瞬间麻痹的结果，而五官的出血已经很明显了，又加上他可能刚吃过地高辛，这个药会增加心脏的排血量，加快毒液的全身扩散。"

这下，陈宗纬不再质疑了，默默地点了点头。

"至于死亡时间，你们应该大概有数了，我也得不出更准确的了，最好还是等法医来进行解剖，只有这样才会有更准确的判断。"说完，张医生一挥手，做了一个"请"的姿势。

开门之前陈宗纬再次叮嘱张医生不要泄露这里的情况，并对他的无私支持表示了感谢。送走张医生后，陈宗纬抬手看表，已经十一点十分——午饭时间快到了，该去餐车跟李大鹏和叶青碰头了。

此时，李大鹏已经带着叶青和列车长腾出了厨房，在餐车落座，等着和陈宗纬一起吃午饭。午饭期间，大家交换了彼此的调查结果，李大鹏明显落后于陈宗纬的进度，于是下午的问询，他要求陈宗纬也留在餐车，把上午调查到的所有情况整理到问询记录中。

午饭结束，李大鹏有意留下列车长，于是等厨房被清理干净以后，大家再次回到"问询办公室"。李大鹏率先开门进来，他皱着眉头，抽动鼻子嗅了嗅，随即对着身后的叶青说道："这里面油烟味儿太大，叶青，你先去请姚——姚思琪过来吧，我们在这通通风、放放味儿。"

"好的。"叶青正被油烟味熏得头疼，很快就退出去了。

叶青一直在琢磨今天所有的调查情况，不知不觉就到了十三号车厢，她的学弟学妹们此刻刚吃过午饭，都坐在座位上一言不发。这里不像卧铺车厢，硬座的乘客们都只能坐在一起，不能躺、没处靠。从早上到现在，列车纹丝未动，即使没有发生教授的事，光是待在一辆停在冰天雪地的火车上，还与外界失去了联系，都够让人烦躁的。车厢里安静极了，疲惫的神情写在每个人冷漠的脸上。

姚思琪此刻正坐在之前叶青的位置上，她斜靠着车厢壁，紧身的黑色衣裤外面披着一件灰色暗格的羊毛西装，紧闭双眼，应该是在午睡。江南坐在她的旁边，盯着窗外的雪地一直发愣，直到叶青走近也没有发现。

"江南，"叶青轻声叫道，"你还好吗？"

"噢，还好……"江南回过神来，"你是不是来找思琪的？"

"她是不是在睡觉啊？"叶青点点头，用手指了指姚思琪。

"啊，没事，我来叫她。"江南说着，轻轻拍了一下姚思琪。

姚思琪睁开眼睛，看到叶青，没说话就站起身来。叶青才注意到，这个南方女孩要比她高出半头，紧身衣裤包裹的身材尽显玲珑曲线，怪不得江南那般痴迷。

"走吧。"姚思琪将西装披在身上，随手抓起自己的保温杯。

二人到达厨房门外，叶青抬手敲门，刚打算开门，就听见里面有人喊了一声"滚"。这一声，把门外的两人吓了一跳，叶青刚刚敲在门上的手仿佛被定住了，她侧身看着姚思琪，后者也瞪大了眼睛看着她，满脸的不解。

两个人正不知所措地站在原地，门突然滑开，是陈宗纬开的门，他满脸堆笑地冲着两位女士点头，说道："快请进。"

"刚才是什么情况？"叶青满脸不解地问道。

"你俩没听见吗？"李大鹏反问道。

"是你们谁骂了一声'滚'吧？"

"嗯，是。"列车长也露出笑容，"能听出是谁骂的吗？"

姚思琪摇摇头，满脸不屑地看着其他人。

反观叶青，则眉头舒展开来，若有所思地答道："我确实听不出来。"

"啊，哈哈，小陈，来来来。"李大鹏边说，边展开右手，旁边的列车长也做出同样的动作。

"真听不出来吗？唉……"小陈一脸不情愿地掏出两张二十元，分别递到两位领导手里。

"噢，我们刚才是做了一个小实验，看看包厢里的声音，外面的人到底能不能分清是谁的。"李大鹏对着姚思琪解释道，"你是姚思琪吧，请坐。"

姚思琪点点头，坐下之后跷起二郎腿，把齐肩的中长发向后撩了一下，轻轻地拉紧了西装的领子。

"我的戏份结束了，得回去啦。"列车长站起身，"你们继续。"

"麻烦把门关上，男一号。"李大鹏冲着列车长摆摆手，"一会儿见。"

列车长没回头,挥挥手,直接拉开门走了。

"你是郭江南的女朋友?"列车长刚走,李大鹏就迅速开始了问询。

"算是吧。"

"怎么叫算是?是就是,不是就不是!"

"他说是,那就是吧。"

"你觉得他这个人怎么样?"

"什么怎么样?"

"就是说你对他的评价。"

"没什么好评价的。"

"哎!"李大鹏听到这句话,把本来向后靠着的身子往前一探,瞪圆了双眼,"你怎么回事?"

叶青见状,急忙凑到李大鹏耳边,告诉他姚思琪这两天刚好是"例假期",再加上导师意外死亡,可能情绪上会有些波动。

李大鹏听完白了姚思琪一眼,拿出一根烟,对陈宗纬说:"小陈,你来问吧。"

李大鹏关门出去以后,陈宗纬清了清嗓子,说:"是这样的,您导师文教授的死,是有一些意外情况的,我们需要调查清楚,希望您能够配合我们的工作,可以吗?"

"没问题,但是请别问无关的问题,好吗?"

"好,"陈宗纬瞬间觉得有点犯怵,但也只能硬着头皮问下去,"从昨天吃过午饭到晚上十点这段时间,您在哪儿?"

"当然是在车厢里,不是不允许下车吗?"

"您到软卧包厢来过吗?"

"嗯,到导师这儿来做汇报。"

"在汇报期间,有什么特别的地方吗?"

"没有。"

"除此之外,您没有离开过座位吗?"

"上厕所算吗?"

"有谁能证明吗?"

"一车厢的人不是都在嘛。"

"刘闯也一直待在座位上吗?"

"是的,你也可以问他。"

"您平时是负责文教授的出行安排吗?"

"是的,导师很忙,很多杂事都是我帮他处理。"

"那这次的车票也一样喽?"

"我只买到了硬座票,那两张软卧是江南买的。"

"他是怎么买到的,据我所知这票不太好买吧?"

"那我就不清楚了。"

"最近一两个月,郭江南有没有什么不太对劲的地方?"

"没有什么吧,只是一直问我导师的行程。"

"你们这次不是去香港吗,有什么好问的呢?"

"导师自己确实有其他的行程,他要单独去澳门一趟。"

"单独去澳门?你们不去吗?"

"是的。如果想去的话当然可以,但就都是各自的自由活动了。"

陈宗纬和叶青互相看了一眼，叶青用笔在问询记录上重重地画了几下。

"昨晚郭江南是几点回去的？"

"我睡了，不知道。"

"好吧，"陈宗纬无奈地叹了口气，"谢谢您的合作。"

"我可以走了，是吗？"

陈宗纬点点头，站起身来，率先开门走出厨房，车厢连接处的李大鹏刚刚熄掉一支烟，又掏出一支叼在嘴里，隔着车厢门的玻璃正好看到一前一后走出来的两个人，他望着姚思琪披着西装离开的背影，摇了摇头。

下一个来到"问询办公室"的，就是刘闯了，他穿着一套浅灰色的阿迪达斯运动卫衣裤，敲过门后迈着轻快的步伐走进来，面容并不轻松，但是仍然带着笑容。

"大家好，我是刘闯。"他的声音既温暖又有磁性。

"你好，请坐。我想我们不用多介绍了吧，能把你了解的情况说说吗？"一天下来，李大鹏的嗓子已经有点哑了。

"从上车到现在，我没有发现什么特别的地方。昨天他们几个人来导师这汇报，我没有过来，因为我的课题没有到汇报节点，平时都是发邮件给导师的。"

"哦，是这样。"李大鹏将信将疑地喝了一口茶，继续问，"能讲讲你们的导师吗？"

"导师是一个精力很充沛的人，有时候半夜叫我们开会，一点都看不出累。十年前，导师就在能源循环利用方面取得了业内瞩目的成就，在山海大学能源学院，可以说是最厉害、学术地位最高的教授，但是——我也只是听说啊——好像和院长不太对付，不知道是因为什么。"

"哦？没有院长的支持，还能取得显著的成果？"

"啊，对于这一点，我们也是很佩服的。"

对面的三个人都慢慢点头。

"那生活上呢？"李大鹏继续追问。

"这个就不清楚了，导师很少和我们见面，见了也只讨论课题、学业的事，从来不提自己的个人生活，也不过问我们的，但奇怪的是，他很了解我们平时的生活，可能——是大师兄告诉他的？"刘闯摇着头自问自答，"我也搞不清楚。"

"你对郭江南了解吗？"

"不太熟。"刘闯抿着嘴，笑着摇了摇头。

"好，如果有什么新情况，你一定会来告知我们的，对吧？"

"当然，"刘闯收起了脸上的笑容，"我能问下，导师是怎么死的吗？"

"意外。"

"意外？什么意外？"

"暂时我们也不清楚，这不，还在调查。"

"哦，那我可以走了吗？"

"可以，谢谢。"

刘闯起身离开以后，厨房再次陷入沉寂。陈宗纬在埋头整理今天的调查记录，李大鹏闭上疲惫的双眼，一只手扶着保温杯，仰靠在椅背上休息。叶青站起身看着窗外那片雪白的世界，列车就这样停在严冬的大山里，仿佛汪洋大海中与世隔绝的孤岛，她又回身望着舅舅，心里想：如果要是我面对此时的情形，该有多么无助……

李大鹏刚打了两声呼噜，紧接着忽然浑身一抖，头从椅背上歪下来的同时睁开了双眼，他翻了一下眼皮，轻轻地晃了一下头，迷迷糊糊地望着叶青，问道："车走了？"

叶青心疼地望着舅舅，摇摇头，露出无奈的微笑。

"咳——"李大鹏咳嗽了一下，说道："小陈，记录整理完了，咱们去查看一下软卧车厢这边的门外——就是昨晚我们没查清楚的地方。你还有多少啊？"

"啊，您再睡会儿吧，我好了叫您。"

"别扯了，我哪儿睡得着啊！你快点，差不多得了。"

大概二十分钟之后，李大鹏带着陈宗纬和叶青来到软卧车厢与餐车的连接处，他打开车厢门，像昨晚一样率先迈了出去，爬上车厢端面的爬梯，直到从车顶探出头来。此刻车顶的高压线已经断电，于是李大鹏向前探身，一直爬上车顶，仔细地进行查看。他这才发现，车顶的高压线都已经被裹上了一层冰壳，在下午的阳光照耀下，像清晨的植物一样正冒着水滴。车厢顶上覆盖的积雪也有了些许融化的迹象，而空调外机周围全部被雪覆盖，李大鹏用手拨开浮雪，紧贴着外壳的是薄薄一层混着各种杂质的冰，他无法看清外机表面是否有任何痕迹。

下面的陈宗纬从踏步台阶跳下来，沿着车厢的外壁，一直走到九号包厢的外面，也没有看到任何一点奇怪的地方。就算有人曾经攀附在这里，也未必会留下什么痕迹。

两人又反复勘查了一会儿，仍然一无所获，只好灰溜溜地返回了车厢。

7

"回来了？"叶青望着走进餐车的列车长，轻声打了声招呼。

晚饭后，列车长决定亲自对全列车再次发布广播，告知大家在这样无法预知电力供应和通信恢复时间的情况下，请全列车人员保持秩序，配合列车乘务组的工作：从今晚起，列车上不再供应消夜；列车上的洗漱用水将全部用于饮用，除马桶冲水外不再提供清洁用水，请大家节约；车厢照明时间从晚五点到晚九点半调整为晚六点半到晚八点；白天将不再供暖，每日供暖时间调整为晚八点到第二天早六点。

两遍广播后，列车长顿觉身心疲惫，胃里隐隐作痛，晚饭反而成了此刻的负担。他拖着沉重的步伐，慢慢地走回餐车，看到叶青跟他打招呼，只好勉强挤出一个微笑作为回应。

"还有什么需要调查的吗？都问得差不多了吧？"列车长一坐下，就压着声音问道。

李大鹏把下午调查的经过大概叙述了一遍。

"有什么进展吗?"列车长用手捂着肚子,"也不知道车什么时候能走,这个事情估计瞒不了太长时间了。"

"现在所有的线索都指向那个叫郭江南的学生。文教授和林锋的软卧票是他买的,他还有一封被委托盗取密码的信,我觉得应该把他监控起来,或者最少要搜查他的随身行李。"李大鹏直接给出了下一步的行动意见,"至于保密,我们也只能尽力吧,毕竟车上人太多了。"

列车长喝了一大口茶水,想了想:"嗯,是,人多口杂,管不了那么多了。先按你说的办,把郭江南带过来吧。"

"小陈,怎么样,行吗?"李大鹏看向陈宗纬,"这样,今晚过了十点,等大家睡了以后——低调一点。"

"好的,交给我吧。"陈宗纬爽快地答道。

一整天,列车上的乘客都被困在这个铁罐子里,不能与外界联系,也不能到外面去。狭小的空间里,充满了泡面味、咸菜味、汗臭味、脚臭味和烟酒味,不知不觉间加剧了所有人的烦躁,也在悄悄地考验着每个人的忍耐极限。灯光一灭,整列车就仿佛从山谷中瞬间隐身一般,融入了无边的黑暗。随着黑夜笼罩大地,山里的温度再次降到零下,天上又飘起了雪粒,裹在山间吹来的风里,悄悄地给万物又蒙上了一层白纱。

陈宗纬在黑暗中打开十三号车厢的门,站在江南他们旁边的位置上,用手电筒向座位上照过去,发现其他人都在座位上休息,唯有江南没在座位上。他心想:姓郭的小子一定是去厕所了吧。于是,他稍微在原地站了一会儿,见整个车厢里并没有人走动，就先去了车厢近端的卫生间，打开门，里面没人，再到另外一边查看，还是没人。陈宗纬心想：情况不太妙，他会不会逃跑了！

陈宗纬拍醒睡着的姚思琪，着急地问道："郭江南呢？"

"不知道啊，"姚思琪睡眼惺忪，"你找他？去厕所了吧。"

"两边的厕所都没有啊！你没看见他吗？"

姚思琪摇摇头。

旁边的几个人都醒了，纷纷表示以为他去上厕所了。可是车厢两端通道门都是锁好的，就算是没锁，也没必要去别的车厢。

陈宗纬问过其余的几个人，确定了江南的行李箱，从行李架上取下来，拿着就往回走，一边走，一边用对讲机汇报："头儿，郭江南不见了。"

"什么？"对讲机那边传来李大鹏的声音。

"郭江南不见了！"

"什么叫不见了？"

问完这句话，李大鹏扔下对讲机，拉着列车长跑到车厢连接处，把他向一侧的门一推，自己则转身向另一侧去开门，同时嘴里嚷着："看看外面！"

两个人几乎同时打开两侧的车厢门，站在门外的台阶上，用手电筒向列车两侧的地面上照过去，从车头照到车尾，除了今天陈宗纬下车查看时留下的模糊脚印以外，没有其他任何痕迹。李大鹏又爬上车顶，对车顶进行了查看，然后很快返回到列车长身边,让他用对讲机命令列车首尾两端车厢的列车员到车厢门处对门两侧的地面和车顶进行检查,以防遗漏,毕竟夜里的视线很差,他俩也不敢保证看得真切。

李大鹏和列车长两个人靠在车厢连接处等了一会儿,对讲机里传来了两边列车员的汇报结果,并无任何痕迹。

"好,说明他还在车上,除非他长翅膀了。"李大鹏松了一口气。

"那是不是要挨个车厢搜一下?"

"嗯,只能这样。"

两人刚说到这儿,陈宗纬提着行李箱快步赶到了,他一看到李大鹏就喊道:"头儿,这是他的行李箱。"

"把这个带到厨房去吧,"李大鹏一把接过行李箱,一手拍着列车长的肩膀说道,"和叶青一块看着,别忘了把门锁好。"

"好,放心吧。"列车长点点头。

"小陈,咱俩分头从这里往两边找,到了火车两头,对讲机联系。"说着,李大鹏把小陈的对讲机调到了一个单独的频道。

小陈接过对讲机,刚要转身出发,被李大鹏一把拉住,嘱咐道:"要小心啊。"

"更要注意乘客的安全。"列车长也凑过来补充道。

话音刚落,陈宗纬和李大鹏就分别向车厢的头、尾两侧快步走去,大概二十五分钟之后,李大鹏在对讲机里呼叫陈宗纬:"小陈,我这边没有任何动静,你那边呢?"

"我刚到四号车厢,后头这边的厕所坏了,白天就被列车员锁上了,要不要打开看看?"

"废话,快看看。"

两分钟之后,对讲机里传来了陈宗纬略带颤抖的声音,"头儿,您快过来吧……这……这……"

李大鹏已经在往回赶的路上了,一听到这个,便知道事情不妙。他加快了步伐,穿过几乎整列车,站在四号车厢尾部的卫生间门口,展现在他面前的是又一幅让人难以忘怀的景象。

这个卫生间的冲水装置已经坏了,列车员索性锁了门,并且在门上贴上了"厕所已坏"的便笺。此时,卫生间的门朝里敞着,顶棚的灯一闪一闪,地上脏兮兮一片,那是鞋底的泥土混着地上的水或者尿液,留下的乱七八糟的黑色脚印。蹲便器里面一片污秽,散发出来的臭味令人难以忍受。在角落的洗手池下面,仰面坐着一个身上只穿着内裤和衬衫、脚上只有一双皮鞋的男人,此人像一个断了线的布偶,瘫在那里,已经没有了呼吸。

李大鹏四下观察,整个卫生间里已经乱到无法查看,便干脆直接迈入,俯身查看死者——郭江南。乍看上去,死者全身上下除了颈部的左侧有与文教授一样的针孔状伤口以外,并无其他异样;面部眉头紧皱,嘴巴圆张,口腔内已经开始渗出血液,加之下颌已经略微僵硬,形成了一副狰狞的表情;双手耷拉在身侧,其中右手的手指弯曲,仿佛死前握着什么东西,在中指和无名指中间还夹着一个黑灰色的扣子。卫生间的蹲便器底部是与外部相通的,所以温度比车厢里低很多,尸温也随之快速下降,已经初步产生了尸僵。李大鹏费力地抬起郭江南的腿,在他的身下。并没有什么其他发现。

检查结束,李大鹏蹲在原地先是揉了揉太阳穴,然后喘着粗气站起来,憋红的脸上怒目圆睁。"小陈,拍照,注意别让乘客看到。"说罢,掏出烟盒里最后一支烟,去了车厢的连接处。

一出四号车厢的通道门,李大鹏就把手中的空烟盒团成一团,往地上使劲一摔,嘴里骂道"妈的"。骂完,掏出打火机就要点烟,可是无论他怎么转动火石,就是打不着,气急败坏的他直接把打火机也狠狠地摔了。掉在地上的打火机正好卡在车厢连接处的橡胶软布里,李大鹏看着打火机卡在那里的样子,突然想起了什么,迅速转身打开车厢门,直接跳下列车,到刚才那个卫生间下面的轨道旁,用手电筒向车厢底下照过去。在列车下面的枕木上,他看到了一个已经没有手柄的放大镜。

李大鹏重新返回车厢时,陈宗纬已经完成了拍照工作并把卫生间门锁好了,在门锁和门缝处又贴了一长条胶带作为封条。李大鹏举起戴着手套的右手,冲陈宗纬摇了摇那只放大镜,一使眼色,两人便一前一后悄悄地朝餐车走去。

餐车的厨房里,列车长和叶青已经把江南行李箱里的东西一件一件都摆在了操作台上。江南是南方人,他的箱子里并没有厚重的冬衣,只有一些单薄的衣服,其余全都是洗漱用品和书本资料，两人并没有发现任何特别的东西。

厨房的门被打开，李大鹏和陈宗纬一前一后走进来，列车长和叶青同时抬起头，望向门口，似乎是有所期盼。

"找到了吗？"列车长抢先问道。

"嗯。"李大鹏和陈宗纬都点点头。

"人呢？"

陈宗纬看看李大鹏。李大鹏点点头，陈宗纬把手机拿出，递给两人，照片的细节虽然并不特别清晰，但是仍让两人瞠目结舌，半天说不出话来。

"他……是死了吗？"叶青抬头问道，她怎么也不愿相信，自己的师弟竟死在这样一列停在冰天雪地的列车上。

"是的……我们到的时候，他已经……"李大鹏很想安慰外甥女几句，但是又不知该说什么。

叶青咬了咬嘴唇，没说话。

"其实那个小伙子看上去还是不错的，只是现在我们手头的线索都指向他，所以……"李大鹏憋了半响，还是决定说点什么，"但是，谁也没想到，竟然会这样。"

"那是不是说明，杀害教授的凶手另有其人？"叶青缓缓地问道。

"很难讲。"李大鹏一脸为难地看看叶青，又看看其他人。

所有人都待在原地，紧闭着嘴唇，一言不发。

半响，列车长清了清嗓子，问李大鹏和陈宗纬："接下来，该怎么办？"

"您刚才手里拿的是什么？"陈宗纬没接列车长的问题，而是转过头看着李大鹏。

"是这个，"李大鹏举起手中的放大镜，晃了两下，"但是下面的手柄不见了。"

"您从哪里找到的？"

"厕所下面，应该是从马桶掉下去的。"

"难道这个里面真藏着那个什么密码，要不要把林锋叫过来辨认一下？"陈宗纬话音未落，就已经朝门口走去。

"嗯，请他来一下吧。"李大鹏很干脆地表态。

很快，林锋跟在陈宗纬身后，打着哈欠走进了餐车的厨房。"在哪儿呢？"他一边捂嘴，一边问道。

李大鹏直接把手里的放大镜递了过去，上面难闻的气味使林锋瞬间清醒了一半。他一边捂住口鼻，一边说道："就是这个！"

这句话迅速地吸引了所有人的注意力，大家不顾放大镜上面难闻的气味，都靠了过来。

"你怎么那么肯定？"李大鹏问。

"有一回，我搬实验仪器，不小心把这镜子边框砸掉一小块，这不，你看……"说着，林锋指着放大镜黑色的塑料边框，在一点钟位置，确实有一处不太容易察觉的缺口。"那次，导师也把我骂得够呛。"

"一个整天搞科研的大教授，竟然在意这么个不起眼的东西，放大镜又不值钱，至于发脾气骂人吗？"陈宗纬摸着下巴，若有所思，"所以它才会从九号包厢消失，跑到郭江南尸体下面的铁道上。"

"你说什么？"林锋突然转头问道，"江南死了？"

"嗯，刚刚发现的。"陈宗纬不好意思地看了一眼李大鹏。

"林锋，"李大鹏瞪了一眼陈宗纬，拍着林锋的肩膀说道，"虽然乘务室条件比较艰苦，但是还请你理解，你暂时还得待在那儿，因为包厢已经被作为第一现场锁起来了。"

林锋苦笑着点点头，没再问其他的。

"这个放大镜的事暂时先这样，你还有其他之前没想起来的细节吗？"

"没有。"林锋摇了摇头。

李大鹏让陈宗纬带林锋返回了乘务室。

"我是没看出什么啊，咱们一起再瞧瞧。"陈宗纬一返回厨房，李大鹏就把端详了半天的放大镜放到地上，让出位置，让大家到跟前来一起观察。

陈宗纬戴好手套，列车长和叶青随即围了过来。这只放大镜与普通的放大镜一般无二：碗口大小的圆圆的凸透镜，外侧是一圈黑色塑料框，除了林锋之前提到的缺口之外，在原本有手柄的地方，还有明显的塑料断开的茬口，另外在黑框的顶端也有细小的开裂痕迹。

"如果说真的有密码，从哪儿能看出来吗？"陈宗纬抓起放大镜，翻来覆去地看，还闭上一只眼睛，往透镜里面瞄，仍然没发现任何异样。

"不会是在另外一半——断了的手柄上吧？"叶青提出了疑问，"舅，你当时看见剩下那截了吗？"

"还真有可能。"李大鹏点点头，若有所思，然后又摇摇头，"我仔细地检查过，那下面没看到手柄。"

"手柄里藏密码？"陈宗纬将信将疑，"您说的是'007'吧？"

"小陈，你赶紧把刚才郭江南的案情记录一下吧。"李大鹏不想让他打断自己的思路。

"好嘞，领导。"陈宗纬放下放大镜，朝叶青和列车长吐了一下舌头。

深夜的山谷里，这列停在铁轨上的列车只有一个中间的小窗户还透出微弱的灯光——餐车的厨房里，陈宗纬坐在操作台前，低头沙沙地奋笔疾书；李大鹏一只手放在桌上，几个手指轮流敲着桌子，眼珠骨碌碌地转；列车长仰着头靠在椅背上，嘴里一直打着哈欠；叶青则出神地望着窗户上倒映出的室内景象，脑袋里反复思索着事情的经过。每个人都默不作声，随着列车停驶时间的推移，他们面临的情况愈加复杂了。

记录完成，陈宗纬搁下笔，伸了一个懒腰。李大鹏停下敲击的手指，转身面对大家，说道："在第一桩案件当中，所有的线索都曾指向了郭江南。我们可不可以先这样猜想，郭江南先是利用自己汇报课题进度的机会，假装不小心踩坏了教授的放大镜，通过教授的反应，不动声色地初步确认了密码的藏匿位置，然后利用和林锋聊天中的空当，采取手段，杀掉文教授，取得了密码。随后他带着已经拿到的密码，在和'接头人'会面的时候被杀。"

"江南很可能持有列车用的内三角钥匙。他们约在这个已经没有人用的厕所，江南先趁没人注意，打开厕所门等在里面，等'接头人'按照预定时间前来敲门，这样可以保证交易时不被别人看到。"叶青顺着李大鹏的分析说道。

"对，郭江南在车上找到了一个非常安全的交易地点，同时'接头人'将计就计，利用这一地点将他杀害，手法与杀害文教授的如出一辙。"陈宗纬也赶快补充道。

"那有没有可能文教授也是这个'接头人'杀的呢？"列车长捂着嘴打着哈欠参与进来。

"不会，"李大鹏接话，"如果是'接头人'杀的，他当时就可以拿到密码，没有必要再见郭江南了。之所以要郭江南去拿密码，是因为他们根本不知道密码藏在哪里，再说郭江南也不会把自己的发现透露给对方。他们如果贸然行动，不等于给自己前面的策划添乱嘛。可惜啊，聪明反被聪明误。"

"可是脖子上的伤口呢？两次是一样的啊。"叶青又抛出了一个问题。

"应该是两人在厕所里起了争执，'接头人'已经了解到他杀了人，所以威胁他。郭江南情急之下起了杀意，可没想到反被'接头人'杀死。"

"还有一种可能，那条杀人的毒蛇可能突然不听话，把主人当成了攻击目标，那可是动物！不是有新闻报道说，连狗都有可能攻击主人的嘛。"陈宗纬再次补充道。

其他三人同时看向陈宗纬，叶青问道："你是认真的吗？"

"进站的时候，安检仪和安检机你不也看见了吗？"陈宗纬反问道，"如果武器带不上来，那你觉得还能是什么？"

"这确实是一个很难琢磨的点，难道真的是条蛇，一条活的毒蛇？可是活体动物一样可以检测出来，带不上车啊。"李大鹏又像是在自言自语，"先不管这个，还有什么……还有一个扣子。噢，对，扣子！"

"那个扣子不是他自己的，肯定是从'接头人'身上扯下来的吧。咱们可以根据这个来……"列车长说出了大家的心声，其余三人同时点头，但是他又马上否定了自己的建议，"可是也不能把所有乘客的衣服都检查一遍，把所有行李箱都翻一遍吧。这个线索没啥用啊。"

"那是不是要问问四号车厢的列车员，看看他有没有注意到什么特别的地方？"叶青的头脑依然很清醒。

"我刚才已经问过他了，他什么都没看到。"陈宗纬答道。

"那可怎么办？"列车长扭头望向李大鹏。

受列车此时遭遇特殊情况的影响，进一步的调查难以展开，令人一筹莫展的命案再次发生，这让厨房里每个人紧绷的神经都雪上加霜。

被列车长一问，虽然同样心里没底，但此时的压力只能由李大鹏来扛，因为他知道，只有自己先稳住，才能稳住其余人的心神。"那明早,我去四号车厢走一圈,看看有没有乘客看见什么情况。小陈,你还是去请张医生,确定一下郭江南的死亡原因。叶青,你去那几个学生那儿,看看他们的反应。至于扣子的事,让我再想想应该怎么办。"

8

"你想好了吗?"叶青面前的小女孩问道。

已经是列车停在这里的第二个早晨了,人们在前一晚睡觉前都互相安慰说:"等睡着以后,车就开了。"可是一睁眼,还是那片熟悉的山谷,窗外的景致仿佛被定格,乘客们已经放弃关心何时能够发车,而是更加关注自己的食物还能支撑多久。

车厢内的暖气早上六点就停了,卧铺车厢的老人们总是觉得车厢密封不严,好像哪里漏风,尤其是挨着通道门的位置,在太阳照进山谷之前,他们更愿意待在被窝里。整节列车里无忧无虑的只有小孩子,早饭过后他们便在车厢中间跑来跑去、嬉笑玩闹。

叶青看了看手里的魔方,对面前的小女孩笑笑,说:"我想不出来。"

"那我拿走啦。"小女孩一把拿过魔方,跑走了。

"我也想不出来。"乘警长李大鹏不知道什么时候悄然站在了她的身后。

"舅，您从四号车厢过来？"叶青从折叠椅上站起来，转过身。

"是啊，问了一圈儿，"李大鹏答道，"我问他们有没有看到一个人曾经去敲厕所门，他们说没有；我问他们有没有看到一个人拿着衣服或者是一个大包从那里出来，他们还是说没有。虽然我昨晚没有提出来，但是我始终有一个疑问：凶手拿了郭江南的衣物，出来以后是怎么躲开这么多双眼睛的？"

"也许他出入的时候大家都睡了。"

"全都睡了？好，就算进去的时候是，可是出来的时候呢，他怎么知道外面的情况？哪怕有一个人看见，他就完了。他一定用了什么办法到了车厢外面，到底是怎么做到的呢……"

叶青不知道该说什么，她望着舅舅写满疲惫的脸庞，心疼地问道：

"早饭吃了吗？"

"没胃口，先不吃了。"

"车要是开起来就好了。我们是不是就可以到下一站，让当地的公安来调查？指纹啊，DNA啊，他们肯定都能查，应该很快就能破案吧。"

李大鹏点点头，伸出手，刚想去拍叶青的头，突然，列车剧烈地晃动了一下，竟缓缓地向前启动，窗外的景色也在向后慢慢移动。叶青看了一眼窗外，瞬间瞪大了眼睛，高兴得都要跳起来了。"真是心想事成啊！"她一边嚷着，一边晃着握紧了的拳头。

此刻，车厢里的小孩子们都像被点了穴道，愣在原地不动，脸上的神情似乎是正在听着的故事发生了意想不到的转折。大人们则无论男女老少，都从自己的位置上向车窗外探头望去，看到窗外树木不断地后退，抑制不住满眼的喜色。李大鹏自然也不例外，他笑逐颜开地望着叶青，总算是松了一口气。旁边一个男人拍着胸脯打趣道："看，我就说吧，早上咱们就能走。"旁边的女人们只是默默地笑，欢乐的气氛在车厢里蔓延开来。

五分钟后，大家从车窗里看到，在旁边的那副铁轨上，远远地相向驶来一列外壳配色相同的列车，这列车正是与他们成对运行、从广州开往哈尔滨的T236次。人们很开心地拍着车窗，希望等两列车靠近以后共同分享这份喜悦。可随着列车开近，有的人发现，在对面的T236里虽然也有人在向外看，但是并没有他们这样兴奋。正当大家疑惑之时，列车的速度竟越来越慢，大家不约而同地发出"咦"的惊讶声，直到列车缓缓地停下，大家才发现，原来对面的T236并没有开动，而是一直静静地停在那里。

列车刚刚停稳，广播中就传来了列车长的声音，他解释说，刚才的情况只是电力供应的短暂恢复，前方抢修可能还是出现了问题，再次恢复供应的具体时间仍然是未知的，请大家少安毋躁，这次短暂的恢复说明一切已经胜利在望了。

两遍广播过后，车厢里一片死寂，刚刚维持了不到十分钟的喜悦从每个人的脸上悄然滑落，取而代之的是不满和失落，就像深秋的风带走落叶之后，给满树的枝丫挂上的寒霜。

列车长从广播间出来，向窗外望了望，决定亲自到对面列车上去拜访一下。他打开车厢门，蹚过两列车之间的雪地，脚下发出"咯吱咯吱"的响动，那是皮靴踩在雪层下面冰面的声音。列车长登上T236，与对面的列车长孙桂正简短寒暄之后了解了一下他们的情况：这列T236从二十六日下午五点以后就停在此处，他们出发的时候其实已经对前方的天气状况有了大致的了解，无奈广州是珠三角地区的核心城市，返乡的外来务工人员实在是太多了，春节将至，没有人愿意留在异乡度过这个合家团聚的时刻，所以他们随车多备了一些食物，以防出现眼下这样的状况。列车长也介绍了一下自己这边，他简要地向孙桂正描述了一下T238上发生的两桩命案，提醒他们一定要锁好、看住车厢门，至于食物和饮用水的情况，由于比T236晚停近三十个小时，所以情况还算乐观，只要合理控制消耗，问题不是太大。

双方介绍完之后，自然就谈到了救援的问题。列车长低头看看手表，说："你们停在这儿，已经……我看看啊……"

"这是第三天。"孙桂正接话道。

"啊？啊，对。其实就比我们早一天。"列车长一脸苦笑道，"我们那边太……唉，我还是别回去了。"

"行啊，在我们这边待着呗。"

"我倒是想啊。"列车长摇摇头，"你们打算去找救援吗？"

"最好还是不要，这地方前不着村，后不着店，车上还是最安全的。"孙桂正慢条斯理地说着,他根本不想掺和,"我们要对车上的每一个人负责,千万不要再节外生枝。"

"也不知道会不会有人从这里路过,你们有没有看到,比如进山的农民之类的?"

"哎,你还别说,昨天,真有一个放羊的老头,赶着一群羊从我们这儿经过。可惜啊,他耳朵太背,根本听不见,又不识字,我们连喊带写,跟他比画了半天,白费力气。"孙桂正指着窗外,羊群昨天经过的地方。

列车长探身看过去,在T236列车下面的铁道边,靠山林的这一侧,泡面盒、食品包装袋等垃圾散落遍地,他指着这些垃圾问道:"这是你们扔的?"

"本来装在垃圾袋里扔的,这不,都是那群羊,把垃圾袋子拱开了,不是顶就是咬的,给弄得到处都是。"孙桂正一脸厌恶的表情,"底下还有一些都冻住了,估计啊,是之前的车扔的。"

"我们车上垃圾也攒了挺多了,还不知道怎么办呢……现在也没别的办法,也得跟你们学,往铁道边扔啦。"

"对了,我们给那老头写了一张纸条,不过谁知道他能不能见到人呢,但愿别让他喂了羊。"孙桂正站起身,伸出手准备和列车长握手。

列车长也站起身伸出手,尴尬地笑着。

"对于你车上的事情,我们这边的侦查水平应该也差不多,如果需要人员上的帮助,就呼叫我们,大家同舟共济嘛。"站在车厢门口，孙桂正拍了拍列车长的肩膀，把对讲机拿起来，给列车长看了他的频道。

列车长回到自己的车上，刚回身锁住车厢门就听到对讲机里传来呼救声："列车长，乘警长，快……车厢这边有一个精神病人……"断断续续的语音还没说完，就中断了。

虽然有干扰的杂音，但列车长还是听清了"精神病人"四个字，此刻的他真是一头磕死在门上的心都有了。他歪着头，拿起对讲机问道："再说一遍，是哪个车厢？"

对讲机里没有再传来任何声音，列车长正处在整列车的中间位置，他正不知该往车头还是车尾去的时候，李大鹏从他面前朝着车尾跑过，他立刻跟上去，喊道："哎，我跟你一起去。"

原来是十三号车厢里的一个精神病人发作了，此时，他正靠在车厢尾端的厢壁上，挥舞着手中的水果刀，对着十三号车厢和另外两个闻讯赶来的列车员不断大声喊道："你们谁要害我？别过来！"周围的乘客都战栗着向列车员身后的方向挪过去，其他人都从自己的座位上站起来，一直退到把近半个车厢都让出来了，而三个列车员哪个也不敢上前半步，双方僵持在了原地。

刚才李大鹏一直和陈宗纬在四号车厢陪着张医生查验郭江南的尸体，虽然没有听清楚车厢的号码，但他们所在的四号车厢已经算是车头位置了，李大鹏从通道门的玻璃窗看了一下三号车厢，确定没有问题，交代陈宗纬几句后随即就跑向车尾方向了。他和列车长一看到十二号车厢里密集的人群,就知道事情一定发生在前面。于是两人走进十三号车厢,分开前面这些看热闹的人群,来到三个列车员身边。

"你叫什么名字?"列车长一见到那个精神病人,就大声地问道。

"你别过来,我为什么要告诉你?"

"这里没有人要害你,你看,我们都穿着制服,我是乘警。"李大鹏按了一把列车长的胳膊,对着列车长耳语了一句,列车长默默地退到后面。

"那他们几个要害我。"精神病人指着他对面的几个列车员。

"他们是列车员,不会害你。请你相信我。"

"我怎么相信你?"

"你看,这是我的证件,"李大鹏把自己的证件掏出来,递过去,"你可以看看。"

那个病人继续向前伸着持刀的右手,左手接过李大鹏的警官证,刚用拇指把证件翻开,只见李大鹏一个箭步冲上去,左手握住他拿刀的右手,右肘抵住他的喉咙,同时右手牢牢抓住他的左肩,腰一转,用全身的力量把他往自己右侧下压。只一眨眼间,这个病人就被擒拿在地,动弹不得。

"您千万别打他啊!"一个女人的声音从旁边的人群中传出来,是列车长找到了他的家人。

"我不会打他的,放心。"李大鹏卸下了他手中的水果刀,解下腰间的手铐，铐起他的双手，提着他的领子把他拉了起来。

站起来后，病人仿佛还没明白过来，他的右脸撞在了地板上，颧骨处已经擦伤。一个四十多岁，穿着姜黄色旧毛呢大衣的女人马上从人群中冲到跟前，掏出纸巾给他擦拭。十三号列车的列车员去乘务室拿出了急救箱，取出碘附，递给女人。趁这当口，列车长把三个列车员拉到一边，让他们讲讲事情的经过。原来是文教授的几个学生早上吃过饭，发现郭江南还是不见踪影，于是怀疑他的失踪与导师被杀有关，他们猜测，郭江南要么是因为嫌疑重大被乘警关起来了，要么是畏罪潜逃了。他们的讨论正好被经过的病人听到，造成了他精神病的发作。刚开始发作的时候，他还只是对着没有信号的手机一直讲，言语间说列车本来要开走，结果又突然停下，已经有旅客失踪了，车上还有人要害自己，然后旁边的乘客发现他不对劲，偷偷去找列车员反映，列车员就过来劝他，反而被他一口咬定是列车员要害他。

了解了事情经过之后，列车长让列车员回到各自的岗位上。在他的带领下，女人和病人走在中间，李大鹏走在最后，一行人到餐车落座。

"你们怎么称呼？"坐定后，列车长直接问道。

"我叫常娟，这是我哥，叫常洪兵，他有精神分裂。"女人直言不讳。

"你们出门应该带着药吧？"列车长查看完两人的证件，不加遮掩地继续问道。

"嗯，"常娟说着，从随身的挎包里拿出药和保温杯，"哥，咱们得吃药了。"

"他的病一直都这样吗？"

"不是的，他已经有五年没犯了，一直都挺好的，要不也不敢出门打工，但是上个月被老板骂了一顿，扣了年底的奖金，他有点受刺激，所以我这才又备了药。这两天我们停在路上，他状态还可以，谁知道今早车开了又停，他就有点情绪不受控了。"

"吃上药以后，能管多久？"列车长拿过药瓶，药名一看就是那种化学物质的名字，他懒得细读，只看到下面小字写的是镇静类药物。

"他吃上一会儿就睡觉了，基本上醒过来就没事了。"常娟答道。

"好，那你先给他吃药，然后回到座位上，等药物起效了，再给他解开手铐，好吧？"列车长看了看盖在常洪兵双手上的衣服。

"嗯。"虽然不情愿，但是常娟只能照做。

药吃下去不久，常洪兵的呼吸就慢慢平稳下来，眼神也变得游离。列车长示意李大鹏带他们回去。此时的李大鹏也有点头晕，知道自己高血压的老毛病又犯了，他强忍着站起身，把这兄妹俩带回了十三号车厢，又等了一会儿，看到常洪兵闭上眼睛靠在妹妹的肩上，才放心地解开了手铐。临走时，他看到周围的人都很紧张，便把十三号车厢的列车员叫到面前，叫他务必时刻注意常洪兵的情况，再有状况，一定要马上用对讲机通知他。

李大鹏走出十三号车厢来到了车厢连接处，长出了一口气，掏出今早新买的一盒长白山牌香烟，翻开纸盖，轻轻一磕，把弹出的那支烟叼到嘴上，伸手去裤兜里摸索，这才发现自己忘了买打火机。正当他回头找在抽烟的乘客想借个火的时候，叶青推开通道门走了出来，她刚才一直和孙慧颖他们几个人在一起，看到舅舅在处理突发事件，便没有跟舅舅打招呼。

"是不是要这个？"叶青已经把打火机点着递了过来。

李大鹏赶紧又把烟叼上，低下头凑过去，把烟点着。"怎么样？"他深深地吸了两口之后，问道。

"他们四个知道了以后都惊讶得不行，基本上就是害怕，都没有说什么，表面上也看不出什么。"

李大鹏一边吞云吐雾，一边点点头。很快，他抽完了这支烟，马上又掏出第二支续上。"抽完这根，咱们找小陈去。"

餐车厨房的门一开，叶青跟着李大鹏走进来，二人发现陈宗纬身边还坐着一个拘束的年轻人，他一见到二人走进来，就用手扶了扶眼镜，舔了舔嘴唇，像是有话要说。

"小陈，这是……"李大鹏抢先问道。

"哦，他说他一定要见您才说。这不，我就把他带过来了。"陈宗纬答道。

"有什么事吗?"李大鹏转过身去问那个年轻人。

"我……"年轻人看看其他两人。

"没事,不要怕,放心说,"李大鹏郑重地坐在他的对面,"怎么称呼?"

"我,姓宋,您叫我小宋就行。"

"好,小宋,是什么事情?"

"您早上是不是问有没有人看见一个人敲那个厕所的门?"

"没错。"李大鹏的眼睛突然放出光芒。

"我看见了,是有一个人。"

"那你早上怎么不说啊?"陈宗纬在旁边问道。

"我女朋友不让我说,怕惹麻烦,但是我觉得还是得告诉你们。"

"当时是什么情况?"李大鹏露出了长者般慈祥的微笑。

"厕所里发生了什么?"小宋没有直接回答。

"你得保密,里面死人了。"李大鹏干脆地答复,希望他能提供有价值的线索。

"噢……昨晚熄灯以后,我有点睡不着,就到厕所那侧的车厢连接处去抽烟,抽完一根以后,刚要往回走,隔着通道门的玻璃看见一个人鬼鬼祟祟地走过来。那人穿着格子大衣,领子遮着脸,在敲厕所的门。"小宋两个手互相搓着,看得出,他手心出了不少汗。

"他没看见你吗?"

"他领子竖得很高,又是侧面对着我,应该没看到吧——我也不确定。但是我也不知道是因为什么,可能好奇吧,就躲在门后,没进去。因为厕所锁住了,又贴了标签,他应该能看见,为什么还要敲那么多下呢?"

"然后呢?"

"然后他没进去,就走了。"

"走了?你确定吗?"

"是的,走了。"

"如果再见到这个人,你能认出来吗?"李大鹏极其认真严肃地问。

"嗯——我不是很确定,如果是看到衣服或者发型——"小宋说到"发型"这两个字,突然一拍手,"啊,对了,我想起来了,他的耳朵上沿——这个位置有一颗痣。对,是的,有一颗痣!"他又兴奋地指着自己的耳朵。

"好,太好了。"李大鹏终于获得了一条有用的线索,如果再结合那颗扣子,基本上就可以锁定嫌疑人了。

"那你愿意去车厢里帮我们找那个人吗?"陈宗纬问道。

"找是可以啊,但是我怕万一昨晚他已经看到我了,我是不是就会有危险?"

"那你跟我们具体形容一下,我们分头去找,找到以后拍照给你,不过找到之前你得留在这儿,我们也是为了你着想。"

"好吧。"

陈宗纬及时地把笔和本都递到李大鹏手里,同时凑到李大鹏耳边低声说:"四号车厢那边的结果跟文教授一样,也是蛇毒。"

李大鹏默默地点点头,对着小宋问:

"咱们开始吧?"

9

"好,"李大鹏已经根据小宋的描述,把那个穿大衣的人画在了记事本上,"你看看,是不是这样?"

"嗯,还挺像,就是这样。"小宋拿着问询记录看了看,点点头。

陈宗纬把本子接过来,仔细看着李大鹏刚才的"创作"。

"怎么样,小陈,能记住吗?"李大鹏看他半天不说话,用手弹了一下问询记录本。

"没问题。走吧?"

"好,咱俩还是分头找,你去车头那边。"李大鹏站起身,还是感觉头晕得厉害,"叶青,你陪着小宋在这边待一会儿。"

叶青和小宋相视一笑,同时点头。李大鹏看了一眼他俩,便迈着坚定的步伐,和陈宗纬走出厨房。

早上短暂的晴朗之后,天空再次被乌云笼罩,车厢里的光线变得没那么明亮了。李大鹏和陈宗纬已经从车厢两端回来了,他们查看过两遍,仍是一无所获,毕竟只有侧脸的信息,找起来比他们预想的要困难。没办法,李大鹏只好让小宋先回去,和他约定等有了消息再去找他确认。

吃过午饭,李大鹏利用这短暂的空闲靠在椅背上闭目养神,他的脸色看上去非常疲惫,但是却无法入睡,他甚至难以集中精神去考虑整件事情的来龙去脉,只是祈祷列车早点开动。陈宗纬和叶青毕竟年轻,两人脸上的倦色并没有特别明显,看到李大鹏在休息,两人一人拿着一个保温杯,凑在一块重新翻阅问询记录和之前拍下的照片,想着能在其中找到之前未曾发现的线索。

不知过了多久,对讲机中的声音像一道闪电划破沉默的夜空:"乘警长,请您来一下软卧车厢,九号包厢……有情况。"这是十号车厢白班列车员龚瑞的声音,李大鹏仿佛被这道闪电击中,身子一下从椅背上弹起,抓起对讲机直接冲出门外。

十号软卧车厢里,列车员龚瑞正站在九号包厢的门口,对着外面的人群苦苦劝道:"请大家回去吧,等乘警长处理好了,再跟大家讲,好吗?请大家配合我们的工作,谢谢大家啦。"

软卧车厢里大部分是到港澳旅游的老人,本来这意外的停车就让他们浮想联翩,现在有了热闹可看,他们更是不愿错过,依然围在门口七嘴八舌地议论个不停:

"到底怎么回事?包厢里死人了,你们列车员知不知道?"

"这包厢一直锁着门,谁能知道啊?"

"死人还能给自己锁门吗?"

"锁门以后才死的呗。"

"那人死了,门又是怎么开的呢?"

"就是啊,也没个人来说清楚。"

"车停在这儿,他们已经够忙的了,不能怨他们。"

"一说这事儿就来气,停在这儿还不是他们的责任?"

"这都哪跟哪啊!死人跟停车有啥关系?"

……

十号车厢的通道门打开,传来一句洪亮的"请让一下",伴随着不容置疑的语气的是李大鹏魁梧的身躯,他分开人群,来到包厢门口,面对人群说:"请大家等我一下。"然后转身打开门,跨进包厢。关上门之后,他发现包厢里所有物品的位置都发生了变化:此刻,文教授的尸体正趴在地上,床铺上的被褥被翻乱,小桌上之前摆放的物品全部被打翻在地,整个包厢一片狼藉。李大鹏瞬间感觉天旋地转,腿一软,一屁股坐在旁边的下铺上,他死死地抓住包厢门内的把手,紧闭双眼,张大嘴喘着粗气,同时他感到自己全身不停地发抖。大概过了五分钟,他才慢慢地睁开眼,窗外的风越来越大了,在刚才那漫长的五分钟里,他觉得自己就像窗外的雪花,无力地上下飘飞、旋转、坠落。

李大鹏稳了稳呼吸,站起身,拉开包厢门,对门外的人群说道:"包厢里的教授是心脏病突发致死,等到了下一站,我们会立即安排相关人员进行处理,请大家回到各自的包厢,在这种特殊情况下,务必请大家谅解,支持我们的工作,谢谢大家。"他轻咳了一下,"如果有人妨碍列车员的工作,我们不得已也会采取一些必要措施。"

"什么必要措施啊?"人群中一个男人嬉皮笑脸地问道。

李大鹏迅速向发声的方向望去,一双眼睛像狼一样盯住那男人的双眼,那人身边的女人狠狠地掐了一下他的手臂,小声说:"你是不是傻,快走。"就牵着男人离开了十号车厢。李大鹏依然像座铁塔一样矗立在九号包厢门口,他如炬的目光逐个扫过每个围观者的脸。大家看到他如此威严的表情,虽然嘴上还有些嘀咕,不太相信事情只有这么简单,但还是知趣地散了。

等大家都散去,李大鹏把龚瑞拉到车厢连接处,压低声音问道:"怎么回事,包厢不是锁了吗?你们后来又进去了?"

"没有,我进去干吗啊!不知道是谁给打开的。"

"当时你在干吗?"

"我刚收了垃圾——列车长不是说可以往这侧铁道边倒嘛,我就下车去倒垃圾了,要不这两天堆了这么多垃圾,臭味都飘到车厢里了。"

"乘警长,乘警长,那个精神病不见了。"对讲机里突然发出的声音打断了他们二人的谈话。

李大鹏听到,恨得差点咬碎自己的牙,"这他妈是怎么啦!"他一脚踢在车厢门上,大声地骂道。旁边的龚瑞吓得不敢直视他,低着头看着自己的脚面。李大鹏深吸了几口气,拿起对讲机,无奈地回复道:"我马上到,稍等一下。"

"那你是怎么知道门开了的?"李大鹏放下对讲机,决定还是得先把这边的事处理完。

"我倒完垃圾回来，就发现几个人站在那个包厢门口，连说带比画的，我就赶紧过去了，一看门开着呢，里面看得清清楚楚。"

"有人看到是谁打开的门吗？"

"这车厢两头的通道门白天都不锁，硬座和硬卧有很多人都是相互认识的，他们来来去去的，也没人注意啊。不过有个小朋友说，好像最早是个穿着格子大衣的人在门前站了一会儿，但是也没进去。"

"好吧，我知道了，应该是有人拿内三角钥匙偷偷开了门，故意破坏现场。不能怪你。"李大鹏拍拍龚瑞的肩膀，"我先过去那边啦，你回车厢把乘客安抚好，如果实在搞不定，就叫列车长吧。"

话音刚落，陈宗纬和叶青就打开通道门来到他们面前，"我们跟你一起过去看看吧。"二人几乎异口同声地说。

此时的李大鹏对"心力交瘁"这个词有了更深刻的理解，他点点头，和陈、叶二人一同前往十三号车厢。

三人一跨进车厢，常娟就迎上来，一脸焦急地说："我哥不见了。"

"厕所里我都找了，其他车厢我也问过了。"十三号车厢的列车员也跟在旁边。

"怎么回事？"李大鹏问道。

"他上午睡醒以后，就好了，但是我有点不放心，就一直没让他离座。中午吃完饭,他说他肚子疼,要上厕所,我就陪他去了。按说以前,每次他吃完药就好了,不会再记得吃药之前发病的事。我应该在外面一直等着他的,唉……"

"就是说你跟着他去上厕所,然后你回到座位上等他,他一直没回来是吗?"陈宗纬问道。

"是,我等了一会儿,过去看,门还锁着呢,我就回来了,后来不知道怎么搞的,我就靠在那儿睡着了。"常娟交叉的双手,拇指一直在搓动着食指,她哥哥的发病给列车上带来的麻烦让她局促不安,"我怕他到别的车厢捣乱,就前后车厢去看了一下,没找到。我怕他待在厕所不出来,就找列车员帮我看了下,结果也没有。"

"大概多长时间了?"

"差不多有两个小时了。"

"他有没有可能趁你们倒垃圾的时候下车了?"李大鹏联想到了刚才软卧包厢的事,转头对列车员说道。

"啊?"常娟惊讶地吸了一口气,马上用手捂住嘴。

"不会吧,我扔完垃圾就关上门了啊。"列车员也面露惊讶。

"走,去看看。小陈,你跟我来。"李大鹏话音未落,就走向刚才常洪兵去的卫生间那侧的车厢通道门。

下午室外的气温比上午更低了,所有的窗户都蒙上了一层薄霜。李大鹏先是打开朝向 T238 的内侧的车厢门,外面洁白的雪地上光滑无痕;他返回身去打开朝向外侧山林的车厢门,门果然没锁。陈宗纬和跟在身后的叶青一齐看向列车员，列车员面露愧色，抿了抿嘴唇。

门外迎面而来的雪花打得人睁不开眼睛，口中呼出的白色哈气瞬间被吹得消散不见，李大鹏和陈宗纬二人一前一后跳下列车，发现车下除了黑色的垃圾袋，贴着车厢还有一行脚印，一直向车头方向延伸过去。李大鹏蹲下看看脚印，站起身沿着脚印往前，和陈宗纬一路跟过去，留下叶青和列车员在车厢门口。

从脚印上可以看出，这个人脚下不是很稳，在到达十号车厢和五号车厢的时候分别摔了一跤，在雪地里留下两个类似的痕迹。脚印引导着李大鹏和陈宗纬一路走到车头，又从车头绕过，朝向另一侧的T236而去。两人望了望地上的脚印，面面相觑，不得其解。

"乘警长，在吗？"两人刚刚到达T236的车头，正疑惑之时，对讲机又响了。

"我在，什么事？"李大鹏一手拿出对讲机，另一只手不自觉地按着太阳穴。他现在一听到对讲机的声音，太阳穴都会一跳一跳地疼。

"T236那边说咱们车上的一个精神病人跑到他们那去了。"这是列车长的声音。

"我们也正在找他，马上就到T236车上了。"

"好，赶紧把他带回来吧。"

二人加快脚步，绕过T236的车头，发现脚印停在了三号车厢的门口。毕竟不是自己执勤的列车，所以两人上前大力拍打车厢门，很快列车员就赶来开门，并把二人迎进车厢。

"你好，我是对面T238的乘警长，李大鹏，这是我的同事陈宗纬。"

"哦，你们可算来了。"这个列车员一脸的释然。"那个人是你们车上的吧，一跑过来，就不停地敲门，问他也不说话，我看他满脸通红，没办法，就开门让他上来了。他一上来就大喊'那车上有人要害我'，推开我就往前跑，怎么拉都拉不住。我只好呼叫列车长和乘警，在前面车厢把他制服了，可费了好大的劲！"

"对不起，我们的列车员倒垃圾的时候忘记锁门了。"陈宗纬抢在李大鹏之前解释道。

"他现在在哪儿？"李大鹏问。

"在餐车，已经被铐住了。"

"好，那我们现在过去。"

"行，我就不陪你们去了。"列车员说罢，拿起对讲机，向他们的列车长孙桂正转述了李大鹏和陈宗纬的到来。

T236的餐车里也坐着很多只买到站票的人，吃过午饭之后，他们都坐在这里休息。年轻的乘警杨华已经将常洪兵铐在了座位上，孙桂正就坐在他们对面，常洪兵煞有介事地在回答孙桂正的提问，旁边好事的乘客都围了过来，跟着起哄。

杨华远远地看见李大鹏和陈宗纬走进车厢，就从椅子上站了起来，孙桂正坐在杨华对面，看到他站起来，也回头看了一眼,他看到二人急匆匆朝他走过来,脸上又露出了不自然的笑容。

"您二位终于来了,我们的乘警长发高烧了,在休息。"杨华率先伸出手和二人握手。

"二位辛苦啦,快,坐下歇会儿,"孙桂正并未起身,只是坐着跟二人握了下手,"小杨,给二位领导倒点热水,这么冷的天。"

"就是他们要害我。他,这个高个儿,今天上午还打我。"常洪兵看到他们握手,突然紧张起来,"他们在软卧包厢还杀了一个人,他们都是伪装的,我都知道。"

李大鹏看了看杨华手上的抓痕,一脸苦笑,向二人解释道:"实在对不起啊,上午他就犯了一次病,他妹妹说他吃了药就没事了,看来还得把他铐起来。"

"啊,没什么,他倒是挺相信我的。"孙桂正转身拍拍常洪兵的肩头,"你不要怕,跟着他们去找你妹妹吧,他们已经答应我不会再打你了,对吧?"

"对,对。走,咱们去找你妹妹。"陈宗纬配合地答道。

"哈哈,对,快回去找妹妹啦……"旁边的旅客跟着起哄。

常洪兵不说话,盯着李大鹏看。

"我保证,不会打你了。"李大鹏皱着眉头,握紧拳头,无奈极了。

"那你们要杀我怎么办?"

"你说的那个人是心脏病死的,我们是警察,怎么会杀人呢，我们是保护你的。"陈宗纬赶紧接过话茬。

李大鹏大声"嗯"了一声，他的太阳穴又开始疼了。

常洪兵还是不相信他们，坐在原地不肯走。李大鹏没办法，只好用对讲机呼叫十三号车厢的列车员，让他把常娟叫过来。常娟得知哥哥跑到对面的车上去了，连声对列车员说对不起，列车员也连说不好意思，因为这事也有他的责任。

"真不好意思，"常娟来到T236上，先给杨华和孙桂正鞠了一躬，"这火车停的时间也太长了，所以他才犯病的。"

二人都表示可以理解，只是希望不要打扰到其他旅客。

"走吧，哥，咱们回去吧。"看得出，常娟也是耐着性子在哄他。

"娟子，那列车上有人想害我，所以车才停的，咱俩都坐这列火车吧，这个车马上就开。"常洪兵反而劝起了他妹妹，把旁边的人逗得哭笑不得。

"谁跟你说这个车马上开的？它就是开，也不回老家啊。"

"就是那个人说的，他还说有人要害我。"

这句话引起了李大鹏的注意，他立刻走到常娟的身边，对她耳语了几句。

"那个才是害你的人，他马上也要上这个车了，你要是不走，我们可都回去了。"常娟边说边朝大家使了个眼色，大家心领神会，连杨华和孙桂正也从座位上站起身来。

常洪兵看到这个情景，一时间手足无措，就趁他犹豫不决的时候，陈宗纬一把架起他，就往车厢门口走。

从 T236 上下来，一行人穿过两列车之间的空地，常娟不顾寒风把雪花吹进自己的领口，摘下围巾，给常洪兵把双手的手铐盖住。回到十三号车厢，一打开通道门，常娟就问道："哥，是哪个人跟你说有人要害你？"

常洪兵把嘴唇咬得紧紧的，一直摇头，但是眼神一直盯住一个方向。

李大鹏循着他的目光看过去，恰巧就是文教授的几个学生所坐的位置。孙慧颖和姚思琪正在摆塔罗牌，叶青在一旁认真地边看边聊，安志国正戴着耳机听音乐，刘闯并没有在位置上。

等常洪兵回到座位上，吃过药，平静下来，李大鹏迫不及待地拉过常洪兵问道："是不是那边的那个人？"

常洪兵看到李大鹏手指的方向，急忙低下头，嘴里念叨着："他刚才救我，我不能说……不能说。"边说，还边摇着头。

"好的，你先看他一会儿，我去处理点事，晚上你们去餐车吃饭吧，吃过饭，我来看着他。"李大鹏见常娟一脸疑惑，又悄声补充道，"我觉得有人在拿他做文章。"

终于把常洪兵安置好，陈宗纬刚张开嘴要打哈欠，肚子"咕噜咕噜"地叫起来。李大鹏回头看看他："怎么，累了还是饿了？稍微再等等啊。"

"没有，头儿，您都没说累，我怎么会累呢！"陈宗纬用手捂住嘴，还是没憋住这个哈欠。

李大鹏笑了一下，走到叶青他们旁边，说道："叶青，走吧，一会儿就吃饭了。"

"那个人没事儿了？"叶青站起身问道。

"没事儿了。"李大鹏回答的时候，眼睛一直看着戴着耳机的安志国，"小安，是吧？这耳机挺漂亮，我也想给我儿子买一个，能借我看一眼吗？"

安志国没有听清李大鹏的话，但是他看着李大鹏伸出手来，于是面带疑问地把耳机从头上摘下来："您说什么？我刚才没听见。"

就在安志国取下耳机的瞬间，陈宗纬倒吸了一口冷气，因为他和李大鹏同时看见了安志国耳朵上的那颗痣！

10

"这你怎么解释？"晚饭服务结束后的餐车厨房里，陈宗纬面前的地上摆着从安志国行李箱里翻出的所有物品，他提起那件和小宋叙述中花纹一样的格子大衣，上下摸索，从内衬口袋里搜出一截断掉的黑色放大镜手柄，盯着安志国问道。

"我不知道，那是什么？"安志国反问起了陈宗纬。

"你兜里的东西，难道不是应该你来回答吗？"

"这不是我的东西，怎么跑到我衣服里了？"

"那这件衣服，你这几天穿没穿过？"

"穿过啊，睡觉时候，冷了就披上。"

"有没有穿着到别的车厢去？"陈宗纬说到这儿，双眼盯住他的脸，观察他面部细微的表情变化。

"没有。"安志国摇摇头，脸上看不出任何心虚的表情。

"可是有人看到你披着这件大衣，到了四号车厢。"

"可能是看错了吧，同款的衣服不也很正常吗？"

陈宗纬没有继续纠缠这个问题，而是把大衣翻过来，将大衣前襟的内衬侧向外展开，果然，在边缘的位置有一小块不太容易发现的被扯断的线头。

"这里的备用扣呢？"陈宗纬再次盯住他。

"啊？备用扣？有备用扣吗？"安志国问出这几句话后，表情仿佛停滞了，张着嘴，皱着眉，明显不如之前镇定。

"你装什么糊涂？"陈宗纬被激怒了，"我问你，这扣子呢？"

"我真的不知道啊，这扣子……有什么问题吗？"

"呵呵，如果我告诉你，郭江南死的时候，手上有一个跟你大衣上一样的扣子呢？"陈宗纬故意把"一样"两个字说得很重。

安志国听完这句话，脖子向前慢慢地探过去，随着眼睛不断地睁大，眉头展开，他的表情由疑惑变成了惊恐。

"不可能，我没有……这……"安志国的头摇得像拨浪鼓一样，"不可能！一样的扣子有很多啊，怎么就一定是我的呢？"

"所以要问你，你的扣子哪儿去了？"

"我真的不知道啊，可能上火车的时候挤掉了。你们……你们什么意思？"

"你现在还不认，等下了火车就不算坦白交代了。"陈宗纬一脸严肃地说道。

安志国只是身子往后一靠，紧紧贴在椅背上，闭紧嘴一言不发，眼神游移不定。

窗外阴沉的天空下，雪早已经停了，只剩下风在山间盘旋，把浮在表层的雪刮起来，又吹下去，它仿佛一个刚刚上手的蛋糕师，反复尝试着把蛋糕表面的白色奶油抹平。"呜呜"的风声传到车厢内，好像要向人们诉说窗外的寒冷，厨房里的每个人都静静地听着，一言不发。

一旁的叶青，起身蹲在安志国的那堆物品边上，一件一件地把它们分开察看。她偶然拿起一个圆盘形的塑料盒子，被身后正眯着眼休息的李大鹏看到，他站起身，走到近前，伸手拿过那个盒子，朝安志国挥了挥，问道："这个是钓鱼用的钓线吧？"

"我不知道啊，这怎么也跑到我的箱子里来了？"

李大鹏没搭话，而是把那盘钓线的盒子打开，仔细观察，这盘透明钓线的线径明显比平时江边那些常见的钓线粗很多，大概有一毫米左右，表面不是光滑的，而是类似几根细线编织成一股的样子。李大鹏用手拉出线头，仔细地摸了摸，虽然对钓鱼只是略知一二，但是他估计，这线所能承受的拉力最少得几十公斤。

陈宗纬也凑过来看了看这盘钓线，他低声对李大鹏说："头儿，这要真是钓线的话，那不就是郭江南在软卧车厢杀死文教授的作案工具吗？我之前还怀疑您说的那种可能，觉得如果能承受一个大活人的重量，那肯定要比手指粗的麻绳才行啊，那么粗一根绳子，怎么藏啊？没想到，原来是钓线，这也太细了！"

叶青看着这钓线，也说道："我在东临上车的时候，正好碰到几个去香港参加海钓比赛的大叔，他们应该对钓线的承重很在行，可以一会儿请他们来给看看。"

李大鹏沉吟着点点头，又拿过那截断掉的放大镜手柄，黑色的手柄是空心的，断裂的茬口与镜片框那一侧基本吻合，并无特别之处，哪里也看不出有密码的痕迹。

李大鹏站起身，对安志国说："这里没什么事了，你可以回去了。"

陈宗纬和其他人都惊讶地望向李大鹏，觉得他一定是搞错了什么。

李大鹏假装没有看见其他人的表情，而是把那件大衣从地上拿起，叫住刚要伸手开门的安志国："晚上睡觉可能会冷，你把大衣穿回去吧，其他的物品临时交由我们保管。"

"领导，这么多证据……"听到李大鹏的话，陈宗纬不假思索地脱口而出。

安志国站在门前一愣，一边返回身来拿了大衣，一边看了看其他人的表情，过了三秒钟，见没有人说话，才出门而去。

安志国刚走，陈宗纬就耐不住性子，问道："头儿，人证物证俱全，这么明显，怎么让他走了？"

"明显吗？"李大鹏低着头，又掏出一根烟，"说白了，小宋看到的只是耳朵上的一颗痣，并没看见他的脸。那颗扣子上面，我估计也不会有他的指纹，所以就算是他的，又能怎么样呢？"

"那就这样算了？"

"这盘钓线……"李大鹏掐着那根烟，用过滤嘴在烟盒上一边敲一边慢慢地说着，"如果是郭江南用这钓线，从车厢外面制造了一个密室，杀死了文教授，那么它为什么会在安志国的行李箱里呢？"

"他们一定是合谋，安志国帮郭江南准备作案工具，配合他进行了这次凶杀。"

"然后呢？"

"然后郭江南拿到那个所谓的密码，再跟安志国交易。"陈宗纬看向叶青，想从她那里得到些支持。

"他们既然是合谋，为什么还要到厕所去交易？如果安志国进到厕所里，在交易时杀了江南，那他是怎么做到出来没有被一个人发现的？如果他能从外面杀死江南，那扣子是怎么被江南拉下来的呢？他又为什么非要到门前去敲门给人留下把柄呢？"叶青在旁边把话接了过来，看来她的疑问与舅舅不谋而合，并不十分认同陈宗纬的观点。

"你们没看到郭江南脖子上的伤口和文教授是一样的嘛，他们被杀的方式应该也是相同的，都是从外面进行的。然后他再回来敲门，让别人成为目击者，帮他摆脱嫌疑。"

"一定要利用敲犯罪现场的门来摆脱嫌疑吗？"李大鹏仍是慢悠悠地问道。

陈宗纬不再争辩，但他仍然觉得李大鹏的处理方式不能完全说服他。

李大鹏叼上烟,继续说道:"我总感觉这中间遗漏了什么,同时,我也觉得我们马上就要摸到真相的边了。先让安志国回去,不管凶手是安志国还是另有其人,我想看看他接下来会怎么做。"

陈宗纬虽然持有不同想法,但是领导已经发话,他也只好作罢。

"叶青,你刚才不是说,你上车的时候遇到参加海钓比赛的人,你能去请他们来一下吗?"为了避免再争论下去,李大鹏也转换了话题,转头问叶青。

"那我现在去找那几个大叔,请他们过来帮咱们看看那盘钓线。"叶青站起身,准备出发。

"好,我去缓缓神。"李大鹏把打火机从裤兜里掏出来,和叶青一前一后出了厨房。

一根烟抽完,叶青果然带来了一个大叔,他拿过那盘钓线,眼神一落到外包装上,就惊讶地叫了起来:"咦,这不是我们的钓线吗?看这儿,就是这次参赛,赞助商特意给我们重新设计的标志。"他用手指着那个彩色的剑鱼徽标。

"您确认吗?"陈宗纬在旁边问。

"小伙子,你这话说的,这个标是我们这次特意重新配的色,还能错?"大叔说着,拍拍自己胸前的彩色绣字。果然,配色是一致的。

"那您发现钓线丢了吗?"

"哎哟,你这一说啊,我还得回去看看,我们都放在箱子里了,火车上肯定也不用,我们都没注意啊。再说谁会拿这不起眼儿的东西,能有什么用啊。"大叔说着,转身就要往回走。

"请您先等一下,"陈宗纬叫住大叔,"您一定知道,这种钓线能拉动多大重量吧?"

"我们这次带的线是赞助公司的最新产品,采用了国外进口的最新材料和制造工艺,最少能拉起两百公斤的鱼,借这次比赛,还要为东家好好宣传一下呢。"

叶青听到这儿,又仔细地看了看那盘钓线,她没想到这么细的线竟然能轻松拉起一个成年人体重的重量,不免更加确信这盘遗失的钓线就是作案工具了。

"没什么事儿了吧?我得回去啦,看看还丢没丢别的东西。"大叔真的有点着急了。

"老先生,谢谢您,让小陈跟您一块回去吧,顺便帮您把行李箱搬下来仔细检查一下。"李大鹏发话了,陈宗纬随即放下了手中的问询记录。

"哦,哦,好啊,谢谢你们。"大叔脸上恢复了笑眯眯的模样,带着陈宗纬走了。

两天前,大叔们把排到的三个硬卧让给了叶青一个,于是他们就只有两个铺位,他们五人是轮流去硬卧休息的,所以除了随身的用品以外,那些钓鱼的用具都放在十三号车厢没动。

陈宗纬跟着大叔来到十三号车厢,从行李架上取下他们的行李箱,请他们每个人务必仔细清点里面的物品,千万不要有所遗漏。仔细清点完,大叔们告诉陈宗纬,确实少了一盘钓线，另外还有四个钓钩也不见了。其中一个大叔正要跟陈宗纬一同去取回钓线，刚走到车厢连接处，就被陈宗纬拦下，悄声劝回："大叔，这盘钓线可能是很重要的物证，暂时还不能还给你们，但是我保证，在到达广州之后，我们会把它还给你们。"

"还有四个钓钩呢，那钓钩也不是普通的钓钩啊！"大叔焦急地说道。

"我们正在找，因为这对我们来说也很重要。"

陈宗纬不能做过多的解释，只能再三恳求大叔一定要相信他，好在这个大叔不算太难说话，最后总算是让陈宗纬松了一口气。

"一盘钓线，四个钓钩。"谢过大叔们之后，返回餐车的路上，陈宗纬一直自言自语地不断重复着这句话，直到回到餐车厨房，把结果汇报给了李大鹏。李大鹏靠在椅子上若有所思地点点头，并没有说话。

时针指向晚上八点整，月亮还赖在地平线以下，吹了一整天的风裹着满天的阴云消散在山谷中，深黑的天幕上渐渐地挂起了闪烁的星辰。山谷里的温度下降得很快，列车的车窗外面，白天化掉的冰水又渐渐冻住，使得窗户上好像被蒙了一层白纱。车厢里的灯全部暗了下来，虽然新的照明时间从昨晚已经开始执行，但车厢里的乘客们还未适应这么早就进入黑暗，有的人在玩着打火机，有的人在用手机玩着单机小游戏，还有的人围在一块，打着手电筒坚持把剩下的牌局打完。人们都希望能用这仅有的一点光亮，驱走这旷野中渗入车厢和他们内心的黑暗。

"明天就是小年了，唉，也不知道车能不能走。"随着这一声感慨，车厢里很多上了年纪的、拖家带口的都开始跟着叹气，只有孩子们一脸懵懂，不明所以。

明天确是农历腊月二十三，俗称小年，全国大部分地区的民俗认为从这一天开始，就进入了农历新年。这列车上的所有乘客本来应该在这一天前都到达目的地，幸福地和家人团聚在一起，此刻他们本应该都围坐在饭桌旁一起看着电视、聊着家常、逗着孩子，可惜这场大雪阻隔了人们美好的愿望，把所有人都困在了这片山谷之内。

"怎么这么黑，为什么不开灯？"十三号车厢的黑暗里发出一个语气幼稚但音色成熟的声音，没错，这个人正是再次醒来的常洪兵，没有人理他，他就一直不停地重复问。

坐在周围的人都纷纷无奈地叹气：已经是如此的困境了，竟然还和一个精神不正常的人共处一室，真叫人头疼。

"晚上大家都要休息了，所以就得关灯。"妹妹常娟别无他法，只能顺着他的话头往下说，希望他能够慢慢安静下来。

"关灯不行，危险，把灯打开。"

"有什么危险的，你能不能安静会儿，大家都要睡觉了。"

"那些害我的人，他们会来的，关灯就看不见他们了。"

"没人害你，你有什么值得害的？别说了，我看你又该吃药了！"

"吃药？我不吃，吃完又睡着了，白天还有这么多人看着我，晚上可不行。"

常洪兵已经很久没有犯病了，所以常娟这次出门备的药本就不多，但是在这样特殊的情况下，她也别无选择，只好给他一直用镇静药。她嘴上虽然一直在数落哥哥，但是她知道，这并不是哥哥的正常状态，在每次喂药的同时，她也很心疼哥哥。

常娟没再理会常洪兵的话，而是从包里拿出镇静药，放在小桌上，再拿出保温杯，拧开盖子，翻过来放在桌上，她刚把热水倒出来，就被常洪兵一挥手打翻，热水全都洒在了对面女乘客的手上、腿上，烫得女乘客"啊"的尖叫一声，差点从座位上跳起来。紧接着常洪兵又抓起药瓶，往前使劲一扔，正好砸在那女乘客的男朋友眼睛上，黑暗里那男子来不及躲闪，只觉得眼前一黑，疼痛难忍，他"哎"的一声，捂着眼睛低下了头，稍微恢复之后，他将被砸的眼睛微微睁开一点，只觉得眼前金星不断，气得他大声咒骂。

常娟见势不妙，一边连声说着"对不起"，一边低头去找那掉落的药瓶。

那个被烫到的女乘客正疼得直踢腿，鞋尖正好撞在了常娟的脸上，常娟大喊："哎哟，你别踢我啊！"

"谁踢你了，把我烫成这样，你也好意思！"女人直接站了起来，大声地回应。

"你们干什么？"常洪兵的脸一下子憋得通红，额头上的青筋也跳了起来。

"你他妈还来本事了，是吧！"被砸的男人早就气不过了，他挥起拳头朝着常洪兵的脸就打了过去，瞬间两人就撕打在了一起。

"快来人啊，精神病发疯啦，精神病打人啦！"女人扯着嗓子大声地喊着，周围黑暗中的人不明就里，都扯着脖子往这个方向看，有的爱看热闹的人还从自己的座位上起身，借着手机微弱的光亮，摸索着靠过来，嘴里还喊着："揍他，让他整天瞎叫！烦死了！"

慌乱中，常娟只在地板上找到了一粒散落的药片，其他的还来不及寻找，便马上站起身来拉架："求你们别打我哥，他是病人。"虽然她的声音恳切，但是仍然被淹没在大家的吵嚷声中。

这场冲突犹如落入干木屑的火星，瞬间点燃了整个车厢，所有人都借着这件事发泄自己不满的情绪，或趁乱上前动手，或在旁边高声喊叫。列车员从乘务室中出来，发现情况不妙，大喊"住手"，却根本没有人听。如果再不能制止，事态有可能会朝失控的方向发展下去，于是他赶紧拿起对讲机呼叫乘警长。

此刻的李大鹏还坐在餐车厨房里，他已经让陈宗纬和叶青先去休息了，自己则静静地坐在黑暗中，把这两天发生的一切在脑海中反复地演绎。他依稀觉得很多地方仿佛只是隔着一层薄纱，一旦揭开，就可以窥视事情的本来面目，可是，那薄纱总是刚要被手抓住,就顺着指尖轻轻滑走。

额头的跳痛又开始了,瞬间把他拉回这眼前的黑暗中。他举起左手,闭上双眼,不自觉地开始揉捏两眼间的睛明穴,希望能减轻头部的不适。他多么希望今晚能够平安地度过,不要再有任何事发生了,但同时,他也预感到,今晚还会有人有所行动。

"乘警长,您快来十三号车厢看看吧。"果然,对讲机还是响了。

"又是十三号!"李大鹏自言自语道,他已经没有力气发火了,只是慢慢地从椅子上站起来,望了一眼漆黑的窗外,拉开了厨房门。

还没走进十三号车厢,李大鹏就听见里面的吵嚷,其他车厢竟然也有人摸着黑跑到这边来,堵在通道门口看热闹。

"好了,大家不要看热闹了,赶紧回自己的车厢去。"李大鹏打开手电筒,毫不客气地照向那些看热闹人的脸。这些人一看到高大威严的乘警长,都灰溜溜地撤了。

打开十三号车厢的通道门,漆黑一片的车厢里充满了打斗声、叫骂声、嘲笑声和起哄声,所有的声音混杂在一起,好像一个地下格斗场。李大鹏先是摸了一下腰间的六四式手枪,确认手枪在枪套中锁好,然后拿起手电筒,在车厢壁上"咚咚咚咚"使劲敲了四下,声音很大,所有的人都停下,朝这个方向看过来,车厢瞬间安静了。

李大鹏举着手电筒,向前走进人群中,大声呵斥道:"干什么？你们要造反啊？都坐下！"

大部分知趣的人都慢慢地坐下了，还有几个人站在原地不动，李大鹏就把手电的光束直接照到他们脸上，有几个人用手挡着光亮，也悻悻地坐下了，只有常氏兄妹和刚才那对男女还不肯坐下。

"又是你，怎么回事？"李大鹏看到他们，恨得牙痒之余，突然也生出一种怜悯的情绪。在这种天灾面前，那些脆弱的人往往给别人带来不便甚至成为累赘，而除了至亲之外，没有人会在意他们。

那对男女抢先添油加醋地把经过叙述了一遍，常娟开始没有说话，越听越不服气，于是也跟着强调自己一方的无辜，并和他们又吵了起来。

"好了，不要吵了，都冷静冷静，一个巴掌拍不响。"李大鹏指指常氏兄妹，"你俩确实先伤着人家了，"然后又转过头对着那对兄妹，"这是个病人，你俩也是的，还跟他一般见识？"

两边都安静下来了，那个男的先发声说："好，是我们太冲动了。可是他这样的，上半夜还发病呢，等我们都睡着了，他要是万一起来又伤害我们怎么办？这不是在旁边埋颗雷吗？"周围的乘客也都纷纷点头附和。

"还有啊，听说车上有人被杀了，你们还没破案，这样天天停在这儿，是不是不打算找凶手了？"人群中又有一个刺耳的声音问道，这下人群更加嘈杂了。

李大鹏先是愣了一下，然后双手下压，示意大家安静，等聒噪声稍小,他开口道:"大家请听我说,我们一定会保证大家的安全,至于凶手,我们已经通过排查,缩小了范围,排除了几个可疑的人,马上就可以确定真正的凶手了。"

"真的假的啊?不是哄我们吧?"

"千真万确,请大家相信我,明天一定给大家一个答复。"李大鹏的声音充满了自信,听上去像是已经有了思路。

此时,列车长也赶到了十三号车厢,他迈步走到李大鹏身边和他耳语了几句。

"你们商量什么啊?凶手要找到了,可是我们的安全呢?我看啊,就是这个精神病干的,今晚他要是又杀人,怎么办?"乘客们仍然不依不饶。

"我留下在车厢里陪大家,来保证大家的安全。"列车长义正词严地表态。

这下,乘客们才不再质问,只剩下一些小声的嘀咕。

"我们要为所有乘客负责,所以……"列车长转而和颜悦色地望着常娟。

"你给他吃药了吗?"李大鹏问常娟。

"晚上没吃,刚才都被打落在地上,踩没了,现在就剩一粒了。"常娟无奈地摊手。

"那……跟我走吧。"李大鹏和列车长交换了一下眼色。

李大鹏让常娟给常洪兵先吃了药,然后让她陪着常洪兵一起到餐车的厨房去,李大鹏把椅子并排放好,让常洪兵坐下,等常洪兵渐渐睡去,才让常娟返回十三号车厢。

不知过了多久,常洪兵从睡梦中醒了过来,他环顾周围,四周安静极了。他想抬起右手揉揉眼睛,却听见"当"的一声,手仿佛被什么东西给箍住了,他低头一瞧,自己的右手和李大鹏的左手被铐在了一起,原来李大鹏不放心他一个人,索性和他一同睡在了厨房。常洪兵看看李大鹏,他正打着呼噜,然后又转回头看看身旁左侧的窗户,由于夜晚室外的温度急剧下降,室内开始供暖,水蒸气都凝结在窗户上,形成白色的霜花,覆盖了整片玻璃,窗外的一切都已经看不到了。这下,全车人真的是被完全隔绝在这山谷间白色的大蟒腹中了。

　　常洪兵努力地回忆自己到底在哪儿,他出神地看着身旁窗户上的霜花,抬起左手往窗户上一按,霜花立刻受热化开,在窗户上留下一个透明的手掌印,透过手掌印,他看到窗外洁白光滑的雪地上偶尔一两点闪烁的荧光——下弦月刚刚爬上树梢,把寒光射向大地。他的视线继续向上移动,却突然看到了一幅不可思议的画面!

11

"太难以置信了！车开了！"对面铺位上的大姐轻声地感慨，搅得一夜睡不踏实的叶青心生烦躁。前半夜，叶青梦见自己成了一个魔术师，为观众表演水下逃脱的魔术，助手们先是把她的手用镣铐锁好、脚腕用夹板夹住，然后头朝下放进一个两米深装满水的密闭玻璃箱中，锁上盖子，再用黑色的幕布从上到下盖住整个箱体。幕布下降之后，叶青本应该迅速进行逃脱，可她找遍全身，无论如何也找不到早应该带在身上的钥匙，更无法打开手铐，用尽力气也无法摆脱水下的困境。直到被憋的一阵咳嗽，她才猛地从梦中醒来，发觉自己从头到脚已被汗水浸透。摸摸胸口，平静下来之后，她便一直睡不踏实，后半夜里总是辗转反侧、时梦时醒。此刻的她闭着眼睛想，大姐一定也是在说梦话，车要是动了，自己怎么会没感觉。

"是他们啊，不是我们。"大姐激动地从铺位上探身起来，转头朝身后的窗外看，才发现铁道边的树木纹丝不动，语气中充满了失望，"我这是睡蒙了啊……"

叶青闻声，慢慢睁开眼，也坐起身来，透过已经被大姐用手掌焐化了的霜花缺口看出去，清晨宝蓝色的天空中，高高地悬着一弯月亮，随着夜幕的退去已变为清白色。雪白的地面上像撒满了糖霜，闪着星星点点的光亮，对面的铁轨上传来了轻微的摩擦声，T236真的已经开动，慢慢地速度越来越快，逐渐驶出了人们的视野，只在铁轨的另一侧到山林之间的空地上，留下了一地狼藉。

有了前一天的经历，几个目睹一切的乘客情绪都没有太多起伏，只是默默地看着列车消失在轨道的尽头，然后回身继续躺下休息。时间尚早，车厢里仍然昏暗，叶青却了无睡意，她一直望着窗外，脑海里又开始不停思索昨天舅舅的话：那两桩命案里，我们到底遗漏了什么呢？

窗外渐渐亮了，随着边缘越来越模糊，月亮慢慢隐入了那淡蓝色的天空中。车厢里也明亮起来，随着视野逐渐变大，周边的一切也越来越清晰，列车受阻后的第三个早晨就这样开始了。

陈宗纬从餐车的通道门边上慢慢睁开眼，站起身来，眼前车厢里的餐桌上，还趴着很多前一天晚饭后买了座位来休息的人。今天是小年，虽然车上没有饺子吃，但是昨天好歹度过了一个平静的夜晚。现在的陈宗纬只祈祷不要再出现任何其他状况，坚持到列车开动，就算是万事大吉了。他打了个哈欠，痛快地伸了个懒腰，这几天以来，也只有此刻他才稍稍放松了这么一下。

昨晚李大鹏从十三号车厢回来之后，就把陈宗纬从宿营车叫了回来，叫他私下一个一个地去通知每节车厢的夜班列车员，在锁好每节车厢的前后通道门以后，再找一些大的行李箱堵住其中一个门，亲自守住另外一个门，但这一切都要在黑暗中悄悄进行，尽量不要引起任何乘客的注意。如果夜里有人想要通过通道门，那他一定有问题；如果没有，则也可平安地度过一夜，保证旅客中不再有人受到伤害。

因为餐车车厢里是没有卫生间的，这一夜陈宗纬只被李大鹏出通道门时叫醒一次，其他车厢的列车员也并没有从对讲机里呼叫，说明昨夜没有任何人想逃跑或者到其他车厢搞些暗地的勾当。陈宗纬边想着，边打开厨房的门，他看到常洪兵仍倚靠在椅子上，呼呼地睡着，右手手腕处的手铐另一端铐在椅子腿上。

"头儿呢？"陈宗纬自言自语，揉揉眼睛，仔细回想昨晚的情景：李大鹏站在他面前，给靠着通道门休息的他披上大衣，看见他醒来，用右手食指放在唇边做了一个嘘声的手势，然后悄悄地说："我去抽根烟。"他打开通道门，走进车厢连接处后，转身轻手蹑脚地关上了门……

然后——然后自己就靠着通道门睡了吗？陈宗纬皱起眉头，发现自己的记忆就停在李大鹏转身关门的这个画面，后面的事情一概不记得了。

"头儿没回来？不应该啊！他要是回来推门的话，我肯定知道。"陈宗纬又自言自语说着。他走到常洪兵面前，伸手用力推他的肩膀:"醒醒,哎,醒醒。"

"嗯?干吗啊?"常洪兵身子一抖,慢慢地睁开眼睛,极不耐烦地问道,应该是美梦被破坏了。

"你醒醒,李头儿呢?"陈宗纬有点急了。

"什么?谁?"

"坐在你旁边的乘警长,去哪儿了?你少装傻!"

"他去哪儿了,我怎么知道,你问他去啊。"常洪兵刚要抬手揉眼睛,就听见"当"的一声,他低头看去,是右手手铐撞在椅子腿上的声音,这才想起自己的处境。

"他什么时候走的?"

"你不是刚把我叫醒吗?我怎么知道?"

陈宗纬没工夫跟他废话,转身到前后两节车厢的卫生间去找,都没有。他又分别询问了两边的列车员,两人也说没见到乘警长。于是他拿起对讲机开始呼叫,半天仍是没有人应答。这下,陈宗纬有点慌神了,他满头大汗地从车头跑到车尾,也不见李大鹏的踪影。

找不到李大鹏,陈宗纬好像失去了主心骨,他只好返回餐车,抱着最后一点希望,打算再去问问常洪兵,刚走到餐车门口,列车长也赶来了,他人还没到近前,就开口问道:"乘警长呢,你找到他没有?"

"所有车厢都找遍了,没有。"此刻垂头丧气的陈宗纬,一大早睡醒时稍好的心情已荡然无存。

同样一脸茫然的列车长,一大早听到对讲机的呼叫后没多久，就看着陈宗纬慌张地跑过十三号车厢，然后又跑回来，虽然没有叫住他，但是也开始担心事情不妙，于是才起身从十三号车厢跟了过来。

"昨晚他没跟你在一起吗？"列车长努力保持冷静。

"他跟那个常洪兵在厨房里面，我在外面守着这个通道门，他半夜起来去了一趟厕所，但是我不记得他什么时候回来的了。"

两人边说边一同走进了厨房，陈宗纬先按下焦急的情绪，强装和颜悦色地再次站到常洪兵面前："昨晚你知道乘警长出去吗？"

"不知道。"

"你中间醒过吗？"

"好像是醒了吧，不过感觉更像做梦。"

"醒的时候，乘警长在吗？"

"在吗？……好像在啊。"

"后来呢？"

"后来？后来他来了，来救我了。"

"谁来了？"

"不能说，他是来救我的，我不会告诉你们的。"

准备早餐的时间马上就到了，前一晚在餐车休息的人被全部暂时清出餐车，因为在早饭开始之后，餐车才能重新开放。列车长和陈宗纬把常洪兵带出厨房，就近找了一个餐桌让他坐下，同时他的妹妹常娟也赶到了，尽管担心哥哥，她昨晚仍是睡了一个难得的好觉。

列车长和陈宗纬把她拉到一边，对她叙述了经过，希望她能够说服常洪兵，配合陈宗纬的问询。

"昨晚睡得怎么样啊？"常娟应允列车长后，坐在常洪兵身旁的座椅上，关心地问道。

"还行。"常洪兵看到妹妹，明显没有之前那么抗拒。

"他们昨晚是不是陪你一起？"

"他们把我锁起来了。"常洪兵委屈得像个孩子。

"哦，那也是为了你的安全啊。"常娟说这话的时候，应该也很心疼、很难过吧。

"不是，妹，你被他们骗了，他们没安好心。"

"不是的，你看他们的制服，穿制服的人都是好人，他们是乘警，不会骗我，也不会害你，昨晚和你一起的乘警长，你知道他去哪儿了吗？"

"你怎么也问我啊？我没看见他，他走的时候也没告诉我啊！"

"昨天半夜，你有没有醒过来啊？你平时不是都要半夜醒一两次的嘛。"

"啊，是啊，可是醒了也不能动啊，他们把我铐住了。平时在家还能出去溜达溜达。"

"那你醒了之后看见乘警长了吗？"

"看见了，还看见……"

"看见什么了？"

"啊，看见那个人，我觉得我是不是在做梦啊？像做梦一样……他飞过来，是不是来救我了？可是后来他又不见了，跑哪儿去了呢？"

"飞过来？是谁？"

"就是……不，我不想说。"常洪兵偷偷地望向餐车通道门外，一闪而过的眼神被陈宗纬捕捉到了。

列车长和常娟一齐顺着陈宗纬抬头的方向望去，餐车门口站着的正是刘闯和叶青。

叶青凌晨醒来之后，一直在思索舅舅昨天的话，她在想，也许舅舅已经有了一些思路，对某个人有所怀疑，所以才会提及调查中是否有所遗漏。她把这几天以来发生的事，一桩桩地连起来：先是文教授莫名死在一个密闭的包厢里，她的学弟郭江南具有重大嫌疑；在李大鹏决定对郭江南施行限制措施的时候，他却突然死在其他车厢的一个上了锁的卫生间里，此时又恰好有人目击安志国披着大衣出现在那个卫生间门外。所有的事一环接一环，让人觉得仿佛真相就在指尖，却触碰不到，到底是怎么回事？难道真的是因为那个到现在连影子都没见到的密码，还是背后另有缘由？想到这里，她突然记起问询记录里还有一个叫林锋的人，他是文教授的博士生。也许重新回到事情的原点，能查到一些遗漏的内容。于是，她直奔十号软卧车厢的列车员乘务室——林锋还被暂时安置在那里。

从林锋那里，也只是多得知了一些文教授学生的八卦，仍是一筹莫展的叶青从林锋那儿一出门，正好碰到刘闯站在软卧车厢和餐车的连接处。他一看到叶青,就露出诧异的神色。

"我来看看师兄,这几天都没见到他。你也认识他吗?"

"哈,之前不认识,不过现在认识了。"

"你来找他,是关于这两天的事吧?"

"没错。"叶青微笑地看着刘闯。

"但愿能早点破案。"

"你过来的时候,看见那两个乘警了吗?"叶青想着,这会儿李大鹏和陈宗纬应该已经在餐车了。

"餐车要准备早饭,正在收拾呢,我看见那个年轻的在里面,另外那个年纪稍大的高个儿,好像没在。"

叶青探头向前望去,餐车里确实在打扫卫生、重摆桌椅,列车长对面坐着的正是陈宗纬和那个之前发病的精神病人,那个病人正偷瞄他们二人。

陈宗纬起身走过来打开通道门,请叶青和刘闯到常洪兵旁边就座。

"是她吗?"陈宗纬指着叶青问常洪兵。

常洪兵眼神呆滞地摇摇头。

"那,是他吗?"陈宗纬又指向刘闯。

常洪兵又摇摇头。

"哎,怎么回事,你刚才看的不是他俩吗?"陈宗纬瞪圆了眼睛。

列车长从桌下偷偷地拍了陈宗纬一下,递了一个向常娟的眼神,陈宗纬马上心领神会,也用一种期望的眼神望向常娟。

"哥，你要是不想告诉他们，能告诉我吗？"常娟再次轻柔地问道。

"那咱们回去吧，我饿了。"常洪兵当着他们的面，还是不愿意说。

列车长和陈宗纬只好同意，允许兄妹二人回到他们自己的座位去，早餐之后再行问询。

除了方便食品之外，餐车的现做早餐已经精简为一小盘西红柿鸡蛋盖饭，米饭的量仅仅能够保证中午之前不会太饿，更甚者上面的菜只有三四块西红柿，中间一点蛋花。乘客们自带的食品一般都已经吃光，所以此时在车上只要有点吃的，大家都没有心思去挑剔，无非是在泡面、面包和盖饭之间选一种相对不反感的，先填饱肚子。

早餐服务还未结束，但是产生的垃圾已经很多了，一个无精打采的餐车服务员拖着一大袋垃圾来到餐车和软卧车厢连接处，打开铁道外这一侧的车厢门，把垃圾袋推下车厢，随着垃圾袋掉落在雪地上，周围地上的雪花全都扬了起来，她正要关上车厢门，突然觉得雪地里好像有什么东西，于是转回身仔细看了一眼。

"啊——"

餐车服务员的尖叫声仿佛穿透山谷，传到很远很远的地方后又飘回车厢里一样，正在吃早餐的所有人都惊得停下了手上的动作，精神瞬间紧张起来。

陈宗纬和列车长刚才当着叶青的面，没有提及早上寻不到李大鹏的事，而是还在聊着常氏兄妹和昨晚的骚乱，听到这一声尖叫，都猛地站了起来。他们二人同时预感到，这声惨厉的尖叫可能和李大鹏有关。叶青则认为舅舅应该和她思索的方向一致，在早上可能也会去调查一些之前没注意到的细节，所以并没有疑心李大鹏的缺席，而是耐心地边吃早餐，边听陈宗纬和列车长的交谈，丝毫没有防备。此时的她也被这一声尖叫和面前二人的举动吓到了。

陈宗纬和列车长对视了一下，即刻奔向声音发出的车厢连接处，叶青也紧随其后。穿过通道门，连接处的车厢门敞开着，那个餐车服务员的身体筛糠似的发抖，她举起颤颤巍巍的手，指向车下。三人探头望去，车厢门口踏步台阶的下面，有一个身穿乘警制服的人面朝下匍匐在雪地上，他并没有完全趴在那里，而是双腿屈着，好像跪在那里一样。

"李头儿！"陈宗纬脱口而出。

列车长张大了嘴，发不出一点声音，只是愣在原地。

"什么？"叶青瘦弱的身躯从后面硬生生挤上来，当她看到雪地上的情景时，毫不犹豫地跳下车厢。

陈宗纬和列车长也前后脚跳下车厢，陈宗纬还特意向左右看了看，雪地上除了几个大垃圾袋以外，并无任何其他痕迹。三人用力将已经冻僵的躯体翻过来，尽管冻伤的面部已经通红，但是大家仍然能够清楚地辨认出，这个人就是李大鹏！

陈宗纬先是用手探了一下李大鹏的鼻息，然后又摸了一下他的颈动脉，沮丧地摇摇头，整个人一下失去了精神。

叶青看着他的一系列动作，又低头看看眼前的舅舅，泪水夺眶而出，她无论如何也不愿相信，昨天还在一起说话、吃饭的舅舅此刻已经变成了一具尸体，就在这白雪茫茫的山谷中与这个世界匆匆告别了。

"舅——舅——为什么……"叶青忍不住大声哭起来。

陈宗纬看着叶青哭泣的脸和颤抖的双肩，也动容地落下眼泪。他想安慰她，可是手伸到一半却悬在空中，张口结舌地不知道该说什么。

列车长看着他们，小声地对叶青说了句"节哀"，然后就一直默默地站在原地。

太阳光洒进山谷，晴朗的天空中连一丝云都没有，雪地上反射的光晃得人睁不开眼睛，偶尔一两声乌鸦叫，更平添了悲凉的气氛。大约二十分钟之后，列车长看叶青的情绪平复一些了，就又叫来一个列车员，和陈宗纬一同把李大鹏的尸体抬上列车，就近先放置在餐车里，而后将餐车清空，不允许任何人到餐车就座。

列车长本想让叶青在一旁休息，可是她执意要与陈宗纬一同检查李大鹏的尸体。由于尸体在雪地中已经冻僵，即使将李大鹏仰面放置，他的尸体也无法放平。他的双手压在小腹的位置，双腿屈在空中，像是一个腹痛难忍，在地上打滚的病人，但是他的面部毫无表情，看不出哪怕一丝的痛苦。陈宗纬想掰开他的双手，但是尸体僵硬的程度超出了他的想象。他只好弯下身子，扭头察看，发现在李大鹏两手下面好像有什么东西。

他左手拿起一根筷子，用力撬开李大鹏僵硬的双手，右手抓住那东西使劲一抽，原来是一副眼镜。他用食指和拇指掐着眼镜框，展示给身旁的叶青，叶青一边端详，一边自言自语道："这眼镜好像在哪里见过。"陈宗纬也点点头，把眼镜放到了一边。

随着尸体温度上升，李大鹏所有裸露皮肤上的霜全部化掉了，二人在他的颈部右侧发现了一处与之前两个死者极其相似的针孔状伤口，在他的口腔和鼻腔之内，也有少量凝结的血块，而这处伤口并没有之前两次出现的时候那么明显，可能是因为尸体一直处于低温环境的缘故。但使二人面面相觑的是这处伤口只有一个孔，而不是两个。接下来陈宗纬对李大鹏所穿的制服进行了检查，在全身的口袋里没有发现任何东西，衣服也没有任何异常，解开衣服后，在他的身上也没有发现其他异常之处。

检查完毕后，陈宗纬开始拍照，列车长站在一旁的车窗前若有所思。

"小陈，我记得你说昨天晚上所有列车员把每节车厢前后的通道门都锁好、看住了，到今早开门之前，没有人通过，对吗？"列车长等陈宗纬拍完照，盖好尸体，开口问道。

"是的。"

"好，那你来看看这外面。"列车长指向列车朝铁道内侧的车窗。

陈宗纬望向这一侧的窗外，由于前一天吹到傍晚才停的风,将白天留在雪地上的痕迹全部抹去,从脚下一直到对面的两根铁轨之间,地面上仿佛被覆盖了一层洁白的绒被,光滑如新。

陈宗纬回过头,带着一脸疑惑看着列车长。

"也没有脚印。"列车长看似平淡地吐出这几个字,眼睛却紧紧地盯着陈宗纬。

陈宗纬听到后,心里"咯噔"了一下,使劲揉了揉双眼,再次望向窗外,没错,确实连半个脚印都没有。

"上回老李不是还查了车顶吗?"

"没错,走,去看看。"说着,二人直奔车厢门。

站在车厢端部的爬梯上,晴朗的天空下,全部十八节车厢的顶部一览无余,都像刚刚做好的咖啡的雪顶一样白皙、光滑,毫无任何被破坏的痕迹。

"不要说脚印,什么印也没有啊。"陈宗纬自言自语道。

陈宗纬下来之后,列车长也爬上车厢顶,前后观察了一番,一言不发地爬了下来。

"我记得你说昨晚老李出去的时候你有印象,后面的事就全不知道了,是吧?"返回的列车长拍了一下陈宗纬的肩膀。

"列车长,您是说——是常洪兵?"陈宗纬转头望向列车长。

"他的手一直被铐在那里,除非他会缩骨或者魔法,还得从你身上跨过去,悄无声息地走出通道门,你觉得可能吗?"

"所以您认为……"陈宗纬不敢看向列车长的眼睛。

"你要是我,你会怎么想?"列车长反问道,他一直盯着陈宗纬的双眼,"除去所有不可能,剩下的即使再不可能……"

"不,怎么可能?您怀疑我……"陈宗纬脸上露出一丝苦笑,"看来我必须得把这几天的事做个了结,给大家一个交代!"

12

"还没完事儿吗?"

刚刚到达餐车通道门外的孙慧颖,从身后拍了拍刘闯的肩膀,露出一个顽皮的笑脸。

其实,看林锋大师兄只是顺道,刘闯一大早就来到餐车,主要的任务是为几个同学买早饭。大家这几天都把泡面放在一起,每顿都尽量选择与前一顿不同的口味,尽管如此,大家还是吃得想吐,胃里总是反酸。今早,平时就比较照顾大伙的刘闯比任何人起得都早,他提议,就算餐车餐食的价格再高,也不能再吃泡面了,同时他自告奋勇去餐车为大家买早餐。

在叶青他们跑下餐车的时候,刘闯刚等到四份早餐中的第二份,被赶出餐车之后,他就一直在通道门外等着,默默看着餐车里发生的一切。

"看,出事了。"刘闯指了指通道门里,"这不还差两份饭,估计还得等一会儿呢。我刚想回去——先把这两份饭给你跟思琪拿回去,你就来了,那你带回去吧。"

"出什么事了？"孙慧颖望着餐车里面，看见叶青站在一个躺着的人身旁，列车长和陈宗纬站在列车内侧的窗前，不知道在说着什么，"为什么这两天叶青师姐总跟他们在一起啊？"

"不知道，他们之前认识？"

"谁知道呢，有可能吧。"

"那个躺着的，你能看见吗？好像是那个姓李的乘警长，估计是死了。"

"啊！"孙慧颖瞪大了眼睛，张大了嘴，"怎么连警察也敢杀啊！你说会是安志国吗？他昨天一开始被带走了，后来怎么又回来了？"

"也许证据不充分吧。"刘闯镇定地看着孙慧颖，"不过想到昨晚，这样一个杀人凶手跟我们还坐在一起，还是挺可怕的哈。"

"咝——"孙慧颖咧着嘴吸了一口凉气，摇摇头，"别说了，我觉得不管是不是他，今天都应该让他单独待着。"

刘闯点点头，把手上两份用可回收饭盒装好的西红柿鸡蛋盖饭递到孙慧颖手上："餐车的饭也就这样，但总不至于胃疼。"

孙慧颖接过盒饭，转身正要回去，餐车的通道门打开了，走出来的是叶青。她看着眼前的二人，先是打了招呼，接着说道："我正要去找你们，正好你俩都在，先进来等等吧，陈乘警应该是有了结论，列车长希望你们几个都过来，我现在去找安志国和姚思琪，大家一起做个见证，等下车以后，再一同去铁路公安。"

"啊?"两人异口同声,满脸的惊讶。

"那是不是知道谁是凶手了?"孙慧颖问道。

"不清楚,不过没有一定的把握,也不会请大家都过来吧。"

"那我们……"刘闯面带犹豫地问。

"你们先进去坐,稍等我一会儿。"说完,叶青快步走向十三号车厢。

等叶青带着安志国和姚思琪再次回到餐车,林锋也从软卧车厢的列车员乘务室来到餐车,所有人落座后,列车长镇定地看着大家,首先开腔:"急急忙忙把大家请来,是希望大家给我们做一个见证。目前已经有一小部分乘客知道车上确实发生了命案,虽然我们已经尽力在封锁消息,但是随着事态不断地发展和我们工作的进行,事件估计已经在乘客之间传开了,甚至引发了一位乘客精神疾病的复发。就在刚才,我们刚刚确认——损失了一位优秀的乘警。"列车长用手指向李大鹏的尸体,又看看陈宗纬:"所以揭开真相、给乘客们一个交代,是我们的职责,也是刻不容缓的任务。接下来请我的同事,本次列车的执勤乘警陈宗纬来为大家阐述。"

陈宗纬微笑地望着列车长,感谢他没有把对自己的怀疑讲出来。待列车长坐下以后,他仿佛一个舞台中心追光灯下的主持人,先是站起身向大家点头示意,接着开口道:"列车现在和外界失去了联系,尽管国家和地方政府一定都在奋力抢修输电和通信线路,我们仍然无法得知脱困的准确时间。为了防止列车上可能发生的恐慌、骚乱或者其他任何形式的群体事件，为了能尽早锁定凶手，保护广大旅客的生命财产安全，也为了彰显铁路公安机关办案的公正、透明，特请各位与本案相关的人员到餐车来，共同见证这个时刻。"

座位上的七个人均面无表情，各怀心事地看了看左右，静静地等着，看陈宗纬到底能说出什么来。

陈宗纬清了清嗓子，环视一下大家，举起右手，伸出食指，开始了他的推理："第一桩命案，二〇〇八年一月二十七日二十三时三十分左右接到报案，十号软卧车厢的九号包厢里，文克已文教授，被他的博士生林锋发现死在自己的铺位上。据林锋所述，他是在晚上十点半左右返回包厢，在文教授的上铺睡着以后，被火车晃动惊醒，他担心导师的睡眠情况，于是翻身下床询问，结果发现教授已死，而且在他的颈部看到一处类似蛇咬、两个针孔状的伤口，这一点与后来的现场勘查结果是一致的。

"九号包厢内只有文教授和林锋两个乘客，鉴于报案人往往有重大嫌疑，在对林峰和当班的列车员马金进行了简单的问询之后，我们仍然无法彻底排除林锋的嫌疑，只好将他暂时安置在软卧车厢的乘务室里。当然，后来即使排除掉他的嫌疑，他也不可能再回包厢去了，那里的现场是需要保护的，况且——"陈宗纬望向林锋，略微欠身，"他肯定也不愿意再回去。"

林锋也微微欠身，还以微笑，表示理解，其他人也都纷纷点头。

"第二天,也就是二十八号,我调查了软卧车厢其余所有的乘客:一到六号包厢共二十四人,全都是参加港澳旅游团的老人;七、八号包厢共八个人,是两个结伴去南方旅游的家庭和一个回南方老家的大妈。他们都没有听到或看到任何特殊的事情发生,而且他们的行李,当然也包括文教授和林锋的,我也全部检查过,都是普通生活用品和衣物,完全没有特别之处。

"我的领导乘警长李大鹏,当天对文教授的学生:郭江南、孙慧颖、安志国、姚思琪以及刘闯分别进行了单独问询。其中,郭江南和林锋对于前一晚两人行踪的叙述基本吻合。晚饭后熄灯前,郭江南来到九号包厢向导师汇报课题进度,当时林锋也在包厢内,郭不小心把桌上的东西打翻,惹得文教授大发脾气,将他们赶出包厢。两人一直站在车厢连接处聊天。列车员龚瑞可以证明这一点,直到龚瑞交班,他们俩也没有离开那里。熄灯后不久,林锋回到九号包厢,尝试敲门并进入,被里面骂了一声'滚'后,又返回车厢连接处。这里八号车厢的乘客可以证明,因为她当时正好从软卧车厢另一端的洗漱室回来,看到了全过程。

"而在列车员马金接班之后,郭、林二人当中只有郭江南在中途进过车厢,并且是到车厢的另一端,也就是乘务室这一侧的厕所来过,当时马金正好坐在乘务室里,看到他走过。接近晚上十点半的时候,马金检查完过道所有窗户的窗帘,正好看到林锋和郭江南在车厢连接处分手,林锋回到九号包厢再次敲门,没有应答,由于不想打扰导师休息,只好请马金给他开门。

"根据文教授身体上的尸斑,结合车厢内当时的温度,我们推测他的死亡时间应该在两小时以上。这样,林锋的嫌疑就可以被基本排除了,因为最后他返回包厢有机会作案的时间点,已经晚于十点半,距离报案时间只有不到一个小时。根据后来的调查,一到六号包厢里长途旅游的老人们和七号包厢里的人都在熄灯之前就洗漱完毕,上床休息。只有八号包厢的女乘客和两个孩子曾经出现在车厢的通道上,而这个女人和林锋恰好构成了相互印证,两人都没有进入包厢。马金也可以为郭江南做证,乘务室那侧的厕所和九号包厢之间隔着洗漱室和八个包厢,他无论如何也不可能在那行凶。除此之外再没有人有机会或时间进入软卧车厢甚至是九号包厢作案。所以,乘警长认为这是一个双重密室杀人案件。

"那么凶手是怎样进入软卧车厢甚至是九号包厢的呢?案发当晚,我们在包厢内部检查的时候就发现,九号包厢小窗的锁是开着的。经过和列车员及列车长的确认,这个小窗应该是从发车前就锁住的。当时乘警长就提出了一个假设,他认为在凶手眼里,这两层密室根本就不是必须穿过的屏障,他完全可以利用这个小窗,从车厢外部将文教授杀害。"

"这怎么可能?从一个打开的小窗子就把导师杀了,那不是一间静止的屋子,那可是行进中的火车啊!那个时候车不是还没停吗?"孙慧颖问道。

"是的,没停。"陈宗纬停顿了一下,"这就要说到造成文教授死亡的原因——他脖子上的伤口了。乘警长当时推断,这处外伤并不足以致命,真正置文教授于死地的是伤口处的毒。在第二天,列车长找到了车上的一位张姓外科医生,他在中医院工作,刚好对蛇毒有一些研究,查看过文教授桌上的药、脖子上的伤口以及身体和五官的出血状况后,也确实排除了心脏病或是食用毒药等死因,而与乘警长之前的判断不谋而合,即外伤中毒。这种毒与一种极剧烈的蛇毒所引发的症状极其相似。"

"你的意思是说凶手养了一条毒蛇,然后用它来杀死了导师,是吗?"安志国问道。

"因为所有乘客在上车之前都必须经过非常严格的车站安检,所以这种可能性极小,但仍然不能彻底排除。你先不要急。"陈宗纬继续一本正经地解释道,"也许我们当中大部分人都不知道,我们车厢两端的车顶都各有一个稍高于车顶的空调外机,凶手可以从车厢端面的爬梯爬到接近车顶的地方,将绳索从空调外机上绕过,将这个外机作为一根固定的桩子,将绳索的一端固定在爬梯或者其他东西上,另一端绑在自己身上,就可以从车厢的端部上方荡到九号包厢的窗外,这段距离是非常近的,中间只隔了一个卫生间。然后他可以趴在车窗外,打开那个未锁的小窗,用类似飞镖的凶器对教授下手。在后面,我们检查海钓协会那几个大叔的行李时,发现他们确实丢失了一盘采用最新技术制造的钓线和四个钓钩，很有可能整盒钓线就是用来突破密室的'绳索'，钓钩也很可能作为杀人的凶器。"

"喔——"餐车里的其他几个人仿佛恍然大悟，纷纷点头。

陈宗纬倒也谦虚，他略显腼腆地说道："这并不是我的主意，而是乘警长李大鹏推测出来的，虽然凶手的手法足够狡猾，但还是被我们想到了。"

"既然杀人手法已经破解了，那凶手是谁呢？"孙慧颖问道。

"当晚在列车停下之前，我们曾经到车厢门处进行了检查，因为随着车速的降低，凶手是有可能跳车逃跑的，然而并没有发现任何蛛丝马迹，这说明凶手还在车上。列车完全停下之后，我们马上就爬上车厢端面的爬梯和车顶空调外机处检查，当时已是后半夜了，我们没发现任何线索，第二天上午，我们再次对那里进行了检查，由于天气和环境原因，即使凶手曾留下线索，也无从查起了。"

"那就是说并没有确认凶手的身份喽。"姚思琪插话道。

陈宗纬嘴角一撇，微笑道："当我们的目光从如何穿透双重密室，聚焦到凶手绕过密室的方法，那么对于站在车厢连接处的林锋和郭江南就需要重新考虑了，他们可以利用对方不在的空隙，从连接处打开车厢门去执行之前的那个方案，在对方返回之前再回到车厢连接处。当然，这都需要列车上通用的内三角钥匙。

"我们首先可以排除林锋的嫌疑，或者更准确一点说，是更倾向于郭江南是凶手。因为郭江南进入车厢的时间是在列车经过武昌站之后,当晚的列车已经晚点,从武昌站开出的时间大概是晚上十点十分,如果这时林锋绕到外面行凶的话,距离我们到现场的时间估计只有一个小时,车厢内也没有任何能够改变尸体温度的设备,这样就与死亡时间不符。还有一点,如果凶手是林锋,在最后回到包厢休息的时候,他有充足的时间考虑和行动——把包厢小窗的窗户重新锁上,从根本上断绝我们发现这个关键细节的机会,从而制造一个完美的密室。

"再看林锋中途返回车厢的时间,是在刚刚熄灯后,这个时候郭江南如果从车厢门绕到外面行凶的话,时间刚好符合我们对死亡时间的判定。大家可能还记得,林锋不是在包厢门口被教授骂了一声'滚'吗?"陈宗纬停顿了一下,看了看面前的众人,"第二天我们曾经在姚思琪到达餐车厨房门前时测试了一下,当时门外的叶青和姚思琪两个人都只听到有人喊了'滚',并不能分辨是室内的哪个人喊的,何况当时列车已经停止了,没有任何的杂音。据此,我们可以断定,林锋说他确定听到导师喊的那声'滚',很有可能不是文教授的声音,而是郭江南的声音——他行凶之后,正要脱身,却发现有人在外面意欲进入包厢,于是情急之下,模仿教授的声音对着门口喊了一声'滚',让林锋误以为导师还未消气,借此全身而退。"

听到这里,林锋总算是长出了一口气。姚思琪却继续问道:"听上去好像挺有道理,但这些好像还都只是猜测吧?"

"没错,但是我们已经发现几点可疑的线索指向了郭江南。

首先，郭江南自己曾承认，此次出行的车票全部是他买的，据他讲是联系了一个黄牛，只搞到两张软卧票，其他全是硬座票，关于这一点姚思琪也在之后的问询中给予了佐证。虽然现在是春运，但是这样的购票组合真的是巧合吗？"陈宗纬看了一下列车长，"我们同时也查了九号包厢内空着的三十三号、三十四号铺位的票，这两个铺位的售出情况是一致的，都是两段票：沈阳北到郑州，武昌到广州。大家如果仔细观察列车时刻表的话，就会发现，这两段区间票，都是半夜上车，然后第二天下车，即使列车员在半夜发现买第一段票的乘客已经没法上车，还是无法将这个空铺位再卖给车上需要的人。于是九号包厢内，只要排除了林锋的影响，就可以完成一个密室的设计。"陈宗纬再次看向列车长，列车长点头回应。

"接下来，就不得不提到那封信了——就是孙慧颖意外发现的，从郭江南的资料袋掉出的那封信，具体内容我就不在这儿详述了，但是信的内容侧面证实，文教授此行除了带诸位参加国际论坛的公开目的以外，还有一个私下的行程，那就是单独前往澳门，与一个暂时未知的组织进行非法交易。"座位上的几个学生满脸惊讶，这样戏剧性的变化让陈宗纬仿佛受到了鼓励，"郭江南很可能是这个组织的内应，他的任务是从教授这里盗取一个至关重要的密码，而案发当晚，被郭江南踩坏的放大镜，在林锋返回时就发现已经不翼而飞。再有，检查现场时，我们曾看到了教授的老花镜。大家可能不了解，很少有老人已经配好花镜，还要用放大镜的，而教授不仅把它带在身边,还对弄坏它的人发了很大的火,把他们赶出包厢,这些都从侧面印证了放大镜就是存放密码之处。

"最后一点就是,郭江南最近刚刚宣称自己做了姚思琪的男朋友,我想姚思琪可能也觉察出他的追求是有其他目的的——对文教授行程的确认。"陈宗纬边说,边望向姚思琪,"因为导师常年到国内外各地出差,而姚思琪工作细致,所以导师会让她安排出行和其他杂事——相当于助理的工作吧,对吗?"

姚思琪默默地点头,脸上没有任何表情。

"可是,在我们准备将郭江南实施控制并进一步问询的时候,却接连发生了第二桩和现在大家看到的第三桩命案,我认为这两桩命案都是一人所为,这个人就是——你。"

13

"是这个吗?"十三号车厢列车员指着行李架上的行李,问周凯。

"反正不是我们的,应该就是他们的吧。"周凯嘴上回答着,环视了一下周围的乘客,大家都没有异议。

"这还有,那个长腿小姐姐让我帮她们看着的。"周莉一边说,一边递上了两个随身化妆包。

"好的,谢谢。"

"听说他们出事了,有人真的杀人了?"周莉很好奇。

"暂时还不能说,不过就快有结果了。"列车员其实也并不是特别清楚事情的经过,他取下孙慧颖、姚思琪和刘闯的行李箱,对着周凯、周莉兄妹微笑了一下,就推着它们往餐车去了。

来到餐车,敲门之后,列车长开门,帮列车员把行李挪进车厢里。两个人和陈宗纬交换了一下眼神,随即开始开箱检查,此时的陈宗纬正站在众人面前慷慨陈词:"第二桩命案,被发现于一月二十八日晚十点三十分左右,四号车厢尾部的厕所里。当晚十点过后,我们正准备在尽量不惊动旅客的情况下,对郭江南实施控制和搜查,却发现他并不在自己的座位上。我们在全车进行了搜索,最后在这间厕所里发现了他的尸体。

"尸体的特征和文教授极其相似,两者都是在颈部有一处类似蛇咬的针孔状伤口,郭江南鼻腔、口腔和眼底的出血情况也和文教授的一般无二,所以可借此推断,二人是死于同一种手法、同一种毒药。再进一步推测,有两种可能:要么是郭江南本来想杀死的人夺下了凶器,反杀了他;要么就是郭江南还有一个同伙,这个同伙用和杀教授一样的手段杀死了他。

"在现场的勘查中,我们发现郭江南的手指尖有些老茧,说明他是一个喜欢户外攀爬运动的人,这一点也恰恰契合我对第一桩命案中,他在车厢外攀爬的推论。另外,在郭江南弯曲的右手指间,有一颗黑灰色的扣子,在后来的搜查中,我们发现这颗扣子与安志国所穿的一件格子大衣的扣子款式一致,而恰巧他大衣前襟内衬处的备用扣子也不见了。不仅如此,乘警长还在那间厕所正对的铁轨下面的枕木上,发现了教授丢失的放大镜,不过下面已经没有了手柄,后来我们在检查安志国那件格子大衣时,又在内衬口袋里发现了那截断掉的手柄。"陈宗纬做了一个抓握的动作,狠狠地望了一眼安志国。

陈宗纬的语气让安志国觉得,餐车的空气充满了压迫感,这已经不是他第一次有这种感觉了。他不愿意看身边的任何一个人，只能将眼神投向陈宗纬身后的车窗，看渐渐化开的霜花模糊着外面的世界。

"同时，在安志国的行李箱中，我们发现了前面提到的那盘钓线。这一发现更印证了我之前一个推论的可能性：安志国是郭江南的同伙，他为郭江南准备了行凶的必备道具——钓线。这道具不仅便于携带，而且不会轻易被怀疑。

"当然，最关键的一点，就是有人曾经看到安志国出现在四号车厢的那个厕所门外，不仅披着那件格子大衣遮遮掩掩的，还偷偷摸摸地敲门。关于这一点，他之前一直否认，辩解说有同款大衣很正常，其实我们一直都没有揭穿他，目击证人不仅看到了他的大衣，还看到了他耳郭上面的那颗痣。

"他不承认自己穿着那件大衣去过四号车厢，到底是因为什么？乘警长认为，如果他和郭江南是合谋，那么他们是没有必要去厕所进行所谓的交易的。而我还有另外的看法：郭江南杀死文教授后，拿到了那个藏有密码的放大镜，二人并没有掌握破译密码的线索，想找一个安全的地方一块商量，所以他们才找到了这间谁都不会去的'故障中'的厕所。在商量的过程中二人产生了矛盾，争斗中，郭江南扯下了安志国大衣内的备用扣，放大镜失手掉落，从蹲便器滑落到车厢外。后来郭江南起了歹意，故技重演想杀死安志国，不料却被安志国夺去凶器刺死于当场。但是安志国并不了解这种毒药的药性，离开后又悄悄返回，想确认郭江南是否已死，于是才有了偷偷敲门的一幕。"

孙慧颖等人听到这里，都不禁暗自思忖：这几天火车上同吃同住的同学，竟然有两个杀人凶手，真是知人知面不知心。大家尽量保持着表情上的镇定，但是身子已经不自觉地和安志国拉开了一点不易察觉的距离。

安志国很明了自己的处境，他皱着眉头，紧咬嘴唇，眼睛一直在转，一会儿看看陈宗纬，一会儿看看自己的同学，似乎是有话要说。

"你现在想辩解了？等我把眼下这桩命案说完，就再轮到你了，好吧？"陈宗纬根本不是在征求安志国的意见，"第三桩命案，被发现于今早——也就是一月三十日早七点四十分左右，在餐车和软卧车厢连接处靠山林的外侧车厢门下。死者李大鹏是我的领导，也是负责本次列车安全的乘警长。根据尸体的情况判断，他应该是死于昨夜。在尸体上，我们同样也没有发现其他异状，只是发现了类似于置文教授、郭江南于死地的伤口，他的五官出血状况和前两人也极其相似。唯一不同的是，乘警长颈部的伤口只有一个针孔。

"列车如此长时间的滞留，前两桩命案的风言风语，再加上一个精神失常的人，全车——尤其是十三号车厢的旅客，大多已经处在情绪崩溃的边缘。在昨晚的骚乱之后，乘警长为防止再出意外，特意私下嘱咐我，叫我去当面通知所有车厢的列车员，一定要用行李堵住所值守车厢的一个通道门，自己守住另外一个通道门，不允许任何人穿过。这样，即使凶手有列车专用的那种内三角钥匙，也只能困在自己的车厢里，无法行动。遗憾的是，即使在这样的情况下，凶手还是得逞了，这个人绝对是一个疯子。"陈宗纬咬牙切齿地挤出"疯子"这两个字，深吸了一口气。

"昨夜，乘警长是亲自带着那个精神病人常洪兵，两个人单独在咱们这间厨房里休息，为防止他半夜犯病偷偷地跑出去，乘警长把自己和他的手用手铐铐在了一起。但是今早我进来的时候，发现常洪兵的手是铐在椅子上的，这说明乘警长并非匆忙离开厨房。

"餐车这里，昨晚整晚都由我值守，我只记得乘警长悄悄地叫醒我，说是要去抽根烟，关门之后，我就靠在通道门上睡着了。如果乘警长回来，他一定会推通道门，我肯定会知道的，所以他一定是在出去之后被害的。"

"按你所说，所有车厢的前后通道门都被锁上，而且被列车员严防死守；车厢外面的雪地上也没有任何的脚印；车厢顶上，也没有任何人爬过的痕迹。那凶手是如何杀死乘警长的，难不成他会穿墙术，穿过这么多道门和值守的列车员？还是真的像常洪兵说的那样——长了翅膀飞过来的吗？"迫不及待发出疑问的正是检查完行李的列车长。

"列车长，我知道您想说什么，"陈宗纬被列车长问得也有些急了，"您不就是想说我的嫌疑最大嘛，只有我有作案的可能。"

"我可没有这么说，我只是问你如何解释凶手的作案手法。"

"其实您的怀疑不无道理，我承认，确实我的嫌疑是最大的。但是容我再问几个问题，您再审我也不迟。"陈宗纬说着，举起刚才在李大鹏手中发现的眼镜，直勾勾地望向安志国，"安志国，你的眼镜呢？"

听到这句话，安志国把目光投向陈宗纬手中的眼镜，两秒钟后，脸色大变。他的肢体动作好像电影的慢镜头一样，慢慢地抬起右手，看上去好像是要摸自己脸上的那副一模一样的眼镜，但转瞬间，他的目光又聚焦在自己的右手上。随着右手微微地不停地颤抖，他满脸难以名状的表情，似惊恐、似疑惑，张口结舌地呆坐在那里，一动不动。

"可以说你是一个非常细心的人了，但是你绝对没有想到乘警长会在弥留之际，藏起这个强有力的证据吧？一拿到这个眼镜，我就觉得在哪儿见过，而一看到你，我的疑惑就全都解开了。这两副眼镜都是你的，我手中这副，有一些使用的划痕和磨损，说明这副眼镜是你日常所佩戴。而在此行之前，你又去配了一副一模一样的眼镜，我相信你现在戴的那副就是，上面一定是没有多少划痕的。这副新眼镜的用途是什么呢？在行凶之前你会将新的眼镜带在身上的内口袋里以保持温度，从室外进到室内的行凶现场时，将新眼镜戴上、旧眼镜收起，就可以避免眼镜起雾带来的麻烦；而从原路返回到车厢里时，再将旧眼镜换上、新眼镜换下，还可以避免因眼镜起雾而被其他旅客怀疑。多么细致的心思、多么缜密的计划！

"从我们刚刚在现场勘查的结果看，昨天夜里，不管是采取了什么样的方法,你一定是从车厢外部进入了餐车和软卧车厢的连接处。为了迅速采取行动,你换下那副旧眼镜,戴上新眼镜,趁乘警长不备,用和郭江南同样的杀人手法将他杀死,然后再返回十三号车厢。因为那时已是深夜,车厢里根本没有灯光,加之所有人都在睡觉,所以你直接回到座位,摘下眼镜,继续睡觉。直到刚刚我提出这个疑问,你才发现原本收好的旧眼镜已经不见了。怎么样,你还想解释吗?"

陈宗纬话音一落,在场所有人的目光齐刷刷地投向安志国,此刻的他正紧咬着嘴唇,双眼盯着脚下的地板。他的喉结上下翻动,随着胸口的起伏,仿佛都可以听到他紧张的呼吸声。

"列车长,"见安志国仍然紧闭牙关,陈宗纬转向列车长,语气决绝,"如果您仍然对我存疑,我愿意和安志国一同接受行为限制,直到列车进站,联系到当地的铁路公安部门。为了牺牲的乘警长,我愿意接受调查,最后一定会证明我是清白的。"

大家又将目光聚焦到列车长身上,列车长双手按住椅子的扶手,微微地提起身体,好像想站起来,但是马上又靠回了椅背,他无法给出一个明确的答案,只是点点头,表示同意。

"不是我,我真的没有杀人!"安志国突然大声喊起来,"我——我承认我——只是想盗取导师的芯片算法密码,我是被他们威胁的,我也没有办法,可是我真的没有杀人啊。"

安志国一边喊,一边从座位上站起来,他的情绪有些激动，动作也有些不稳，身体起来的时候被面前的小桌挡了一下，多亏身旁的孙慧颖扶了他一下。

"你的话是什么意思？谁威胁你？"列车长警觉地问道。

"就是你们说的那封信，那封信是给我的，但是已经被我销毁了，不知道怎么会跑到江南那去。他们每次给我任务，都是用这种方式，他们说他们是一家境外的能源公司，每次和我接头的人都不露面，我真的不知道他们到底是什么人。

"大三那年，我还在辽东科技学院上学，就把山海大学的能源专业定为考研的目标，为了能更早熟悉学院的环境，了解学院的教授，我就申请了学院实验室的暑期工。就在暑假即将结束的时候，老家村里的人突然来电话说，我的父亲出了车祸，受了重伤，急需钱做手术。恰巧我又遇到了他们的人，不知怎么，我就鬼迷心窍，偷了实验室主任于教授的一份研究档案，卖给了他们。还没等我赶回家，就有人通知我，事情搞错了，我父亲并没有出事，我当时才意识到自己被他们骗了。由于老家只有父亲一个人生活，我在情急之下根本没来得及考虑通知我的医院和乡亲的真伪，我真是太傻了！后来我只能在心里偷偷地安慰自己说，我也是受害者，于教授并没有什么直接的损失，只有这样我每天才能若无其事地继续生活。原以为事情就这样过去了，谁知在我考上研究生后没几天，他们就又找上我，说掌握了我那一次盗取档案的证据，要我继续为他们偷取能源学院其他教授的研究成果，直至我毕业。如果我不答应，他们就会把证据送到院长那里。

"父亲一个人把我从小拉扯大，全村除了我，之前没有一个孩子上过研究生，我每次回家的时候，父亲都会买上一小瓶他平时舍不得喝的烧酒，到村口接上我，一边走一边跟乡亲们高兴地打招呼。我是他的骄傲，不能成为他的耻辱，所以我别无选择，只能继续配合他们。之前他们一共找过我两次，给的钱我都没敢花掉，而是单独存在一张卡上，并且每一笔都记录下来。这次跟前两次一样，还是先打了二十万块给我。

"可是这次和之前两次不同的是，其他教授的资料都可以很轻易地拿到，而这次，导师的密码却藏得极其隐秘，我根本无从下手。后来，我就向联络人反映说，既然都定好交易了，为什么还要我找密码。可他们不容我质疑，只是说他们有他们的计划。我猜测，也许是因为交易的数额太大，他们不想付钱，或者是他们根本就没打算付钱，这次交易只是个骗局。"

"不想付钱？是个骗局？"陈宗纬粗鲁地打断安志国的陈述，疾声地连续反问道，"这不是一个意思吗？哼——你怎么不说他们产生了内讧呢？"

列车长转眼看向陈宗纬，眉头稍微一皱，示意他适可而止，然后又马上移回目光，等摊着双手的安志国继续说下去。

"我没得选，只好硬着头皮又观察了半个多月，仍然找不到密码藏匿的可能地点和方式。本来想着，此次出行，导师既然跟他们有交易，那很有可能会把密码带在身上，却不料，我们竟然没有跟导师在一个车厢里。我只好另做打算——等到了香港，再见机行事。

"我真的没有杀导师,也没有杀江南和乘警长。我现在全部坦白,就是在二十八号那天临近中午,我就在大衣里发现一张字条和一个内三角的钥匙。上面说,要想得到密码,就先到十号软卧车厢去,把九号包厢的现场毁掉。这一定是那个凶手拿到了密码,然后想借此事来考验我的诚意,所以我决定冒险一试。趁着大家午睡,软卧车厢通道里一个人都没有,我到了门口,刚拧动钥匙打开包厢门锁,突然意识到,如果自己真的进了包厢,那岂不成了嫌疑最大的人。我正犹豫时,看见中间——是五号还是六号——我没看清,包厢门缓缓拉开,于是我急忙转身躲进了旁边的厕所。凶手之所以让我来,一定是想隐藏自己,那么他也就不会知道我到底进没进包厢。想到这儿,我决定就此打住,先回去再说。

"另外,在接受问询的时候,我唯一说谎的地方就是,我确实穿着那件大衣到过四号车厢,因为从十号车厢回来之后,晚饭前我又收到了第二张字条,上面写着让我晚上八点半到四号车厢的那间厕所去,要和我谈谈密码的价钱。我既然已经通过了他的考验,虽然很害怕,但还是壮着胆子去了,因为我是一定要拿到这个密码的,所以才会有人看到我站在厕所外面敲门。"

"说完了?"陈宗纬见安志国稍作停顿,又马上插话道,"那你之前为什么要撒谎?"

"当我得知江南就死在那间厕所里时,我隐隐觉得凶手就是想利用我掩护他凶残的行径,让我成为他的替罪羊。所以如果承认的话,我不仅会被列为怀疑对象,密码的事也极可能败露。"

"呵呵,"陈宗纬冷笑一声,"那两张字条呢?包括你前面说的那些话,又有谁可以证明吗?"

"字条已经销毁了。"安志国看着陈宗纬,无奈地叹了一口气,摇摇头,"被他们威胁的事,我不可能跟别人说的,应该只有他们才能证明吧。"

"郭江南也不能吗?"

"你是什么意思?"

"你刚才为自己开脱的那些话,我认为只有那部分是真的,那就是,你确实是想盗取密码的人,但你不是一个人,还有另一个人知道你的阴谋——你的同伙郭江南。你先让他去杀死教授、盗取密码,然后再帮他把杀人现场清理掉,但他拿到密码后,又不愿意直接交给你,又或者你们分赃不均——无论是什么原因吧,总之你在争执中杀死了他。经过我们的调查,你也很清楚自己的嫌疑最大,虽然乘警长把你放回了车厢,但你仍然觉得自己已被列入怀疑名单,很危险,于是你痛下杀手,冒险杀掉乘警长。现在,你马上要被揭穿了,又编了这套说辞,想博取大家的同情,退而求其次,只承认盗取密码,想逃脱杀人的嫌疑。"陈宗纬一脸不屑,仍然坚信自己的推断,一口气道出了安志国全部的作案动机,"你的思路确实够快,不过你想得太美了,哼,在座的各位没有人会相信你,快交代你的作案手法吧!"

"我没什么可交代的了,你不能这么冤枉我!"安志国的情绪更激动了,他向前迈步,伸手指向陈宗纬,却不小心被桌腿绊住了脚,一个趔趄,摔倒在身前的叶青身边。他急着想要站起来,便伸手向前去拉叶青的椅子,一不小心却搭在了叶青的手上,就在他刚刚触碰到叶青的瞬间,叶青突然像触电一样缩回了自己的手,这一动作被在场的所有人都看在了眼里。叶青尴尬地看了看众人,可就在她的目光扫过大家的脸庞时,她的脑海中突然也像触发了机关一样,一个想法一闪而过。

"可是,如果他刚才说的都是真的,那事情可就完全不同了。"叶青稳定住情绪后,慢慢地说出这句话,声音虽然不大,但是却让在场的其他人起了一身鸡皮疙瘩。大家全都看向叶青,她的那双大眼睛终于摆脱了连日来的倦怠,变得炯炯有神,那是苦思冥想后突然悟出答案的光芒。

14

金色的光芒均匀地洒在列车的厢体表面,车窗上的霜花已经完全化开了,尽管如此,餐车里的众人还是没有感到一丝暖意,尤其是在听到叶青那句话之后。

"叶青啊,"虽然站得有点远,但是列车长并不是没有听清她的话,"你说什么?"

"列车长,我刚才是说——噢,也许还有另一种可能,我可以等咱们进站联系到当地公安以后再说。不过,我有一个要求,就是餐车里的所有人在到站之前都必须待在这里,不能离开。"

"这是什么要求啊!"除了陈宗纬和安志国,其他人都不约而同地抱怨道。

列车长看了一下众人,继续问道:"这么多人都关在这里,你的意思是大家都有嫌疑吗?"

"不是,我只是想验证我想到的另一种解释,"叶青显得有些犹豫,"虽然我现在还没有特别确定,但是为了我舅舅李大鹏，列车长，请您答应我。"

"叶青，我理解你此时的心情，但是你总该考虑到这样做的后果，我希望你能给出一个解释，一个至少能够说服我的解释，要不然，我是无法答应你的。"列车长为难地摇摇头。

叶青没说话，短暂的沉默之后，她再次开口："好，那我能问陈宗纬几个问题吗？"

列车长转头看向陈宗纬，陈宗纬一脸茫然，但痛快地点了一下头。

"这三起命案的三个死者，他们都是怎么死的？"

"刚才不是说过了嘛，他们的五官都有不同程度的出血，经张医生确认，都是死于某种蛇毒或者与其极度类似的毒药。"

"致命的伤口？"

"都是脖颈处的针刺状伤口，你不是也都知道吗？"陈宗纬开始有点不耐烦了。

"但是我舅舅李大鹏的伤口只有一个针孔，文教授和江南的伤口都是两个针孔。"

"是的，没错。"陈宗纬缓了缓语气，"在郭江南死后，我们曾发现海钓协会的大叔们丢失了四个钓钩，当时我就想到，前面两个人的伤口和这四个钓钩的数量绝非巧合，每次凶手行凶，都要使用两个钓钩，而四个钓钩用完之后，乘警长的伤口应该是其他的凶器造成的。"

"你刚才对于杀人手法的分析，如果我没记错的话，凶手是采用了类似投掷飞镖的方法，在一定的距离之外将被害者杀死,对吧?"

"没错。"

"暂且不提为什么凶手每次要用到两个钓钩,请仔细想一下钓钩的形状,如果投掷出去,再从伤口上拔出来,怎么可能造成那种针刺样的伤口呢?"

"嗯?"陈宗纬突然不知道该怎么回答。

"钓钩的形状是像问号一样的,要想扎进伤处,就需要甩出去,然后再往回拉紧。"叶青举起右手,向身前一挥,然后握拳往回一拉,"只有这样才行。"

众人看着叶青,纷纷点头。

"但是从这个方向是无法把钓钩从伤口中再拔出来的,就算可以——大家也许知道,为了防止上钩的鱼脱钩,钓钩的尖部都是有倒刺的——拔出的时候是会把扎进去的位置豁开,那么留下的伤口绝不是我们看到的这样。"

陈宗纬边听,边瞪大了眼睛,然后快速地眨了几下,没有说话。

"所以,我认为杀人凶器不是钓钩。"

"那钓钩是……"陈宗纬问道。

"这个待会儿再说。"叶青看了一眼众人,又望向陈宗纬,"在三具尸体上,我们都没有发现什么挣扎的痕迹,说明这种毒药应该是剧毒,至少能够瞬间使人麻痹,对吧?"

"是的。"

"乘警长的尸体上只有一个针孔状伤口,也说明了,只要一下，毒药就可以起效，但是为什么前两具尸体的伤口会留下两个针孔？按照你的推测，如果后两人都是安志国所杀，那为什么会有这样的差别？"

"这个问题……我回答不了，"陈宗纬转脸看向安志国，"得你来。"

"我不知道你们在说什么，真的，不是我。"安志国满脸的苦笑，几乎要放弃为自己辩驳了。

"那么我来试着分析一下，"叶青依旧从容地看着众人，"我想到了两种情况：第一种，凶器是一个类似两脚水果叉的东西，所以只需刺入一次就会在伤口处产生两个细孔；第二种，凶器是一个类似牙签的东西，一次只能产生一个孔。按照陈宗纬的推论，如果是第一种，那么安志国在杀害乘警长的时候，凶器为什么不一样了，这样隐蔽而特殊的凶器还会有第二个吗？如果是第二种，那么在杀害江南的时候，还要连刺两次，到了乘警长为什么只刺一次呢？"

大家听到这里，还都是一头雾水，并没有明白叶青想说什么。

"无论哪种情况，都没法给出一个特别合理的解释，对吗？既然前两次的伤口都是两个孔，后一次的伤口只有一个孔，我们是不是可以跳出后两次凶杀都是安志国所为这个前提，换一个角度去猜想——前两次是一个人干的，而后一次是另一个人干的。后一个人根本不知道前一个人留下的伤口是怎样的，所以他留下的伤口与之前并不一样。"

这个绕来绕去、让人感到拗口的想法跟陈宗纬所做的推论完全不同，可以说是彻底否定了他的推论。但是陈宗纬并没有提出任何反对意见，而是和其他人一同默默地听着，听听叶青这样一个外行，到底能说出什么花样来。

"前两桩命案的案发现场我都没有看到，是通过陈宗纬手机拍下的照片，结合他的笔记，一点一点地拼凑起来的。在反复考虑第二桩命案的时候，我也一样，被凶手离开现场的方式所困扰。一个人能够在观察好周围的环境之后，趁周围没有人，偷偷地进入那间厕所；可是杀人之后，他如何能提前知道外面的情况，在众目睽睽之下全身而退呢？"

众人的眼神被叶青的问题吸引，都期待地望着她，看看会不会出现什么更合理的分析。

"你还记得吗？"叶青又问陈宗纬，"江南的尸体在被发现时，全身只穿着内裤和一件衬衫，这是为什么？"

"当然，应该是凶手行凶之后，为了找到密码，对他进行了全身的搜查。"

"那他身上脱下来的衣服去哪儿了？"

"应该是被凶手带走了。"

"江南是南方人，并非从小生长在冬天室内有暖气的北方，所以就算是冬天，他的身上也还只是单衣单裤。那么两件衣服，如果当时没有搜到密码，还有必要把衣服带走吗？况且，拿着别人的衣服就不会被怀疑吗？"

"那你有什么解释呢？"

"凶手在完成杀人后，一定有非要这么做的理由——为了安全地离开！"

"你是说……你猜到了凶手离开的方法？"陈宗纬连同其他人全都睁大了眼睛，一齐看向叶青。

"不仅是离开的方法，还有其他的细节，比如那枚黑灰色的备用扣，还有在厕所门外敲门的安志国。不知道大家有没有看过国外水箱逃生的魔术，其实在幕布将水箱罩住的时候，逃生就已经开始了，解开锁的钥匙并不是关键，关键的地方在于水箱盖板的那对铰链销轴。助手将盖板合上的时候就已经偷偷将它们抽出，这样魔术师才可以从水下弯起身子顶开盖板，到水面进行呼吸。当助手第二次微微抬起幕布，露出水箱底的时候，观众才可以看到魔术师仍在水中假装挣扎。当幕布再次落下，魔术师就可以直接逃离水箱，蹲在箱顶等待幕布彻底从下面拉起，最终随着幕布的抬起，站在箱顶迎接观众的惊叹和掌声。魔术师只会给观众展示他想让大家看到的，那些没有被观众看到的，一旦拆穿，就会显得极其简单，所以魔术师要把大家的思维向他计划好的方向上引导，而在此之前，一切的行动早已提前完成。

"其实我推理出的结果，和这个逃生魔术很像。接下来，我想试着还原一下江南这桩命案的过程：凶手拿到密码后，一方面担心自己在九号包厢留下了什么痕迹，一方面想确认安志国是否会因为导师的死而取消行动、放弃密码。为了后面的行动，凶手决定一箭双雕。于是，就有了凶手偷偷在安志国的大衣中留下字条，让他去九号包厢破坏现场的事。由于凶手不便亲自前往，所以他只知道安志国采取了行动，确实到了软卧车厢，但是安志国没有进入包厢的事他并不知晓。由此，凶手确信安志国仍然迫切想要拿到密码，并不会成为他们的麻烦，就像安志国之前招认的，他已通过考验。

"接下来，凶手将密码交给想借此赚取不义之财的江南，因为江南并非安志国的同伙，而是凶手的同伙，只不过他以为凶手是真的想助他一臂之力，却没想到自己已一步一步走入了凶手布下的陷阱。我猜，凶手一定会告诉江南，自己只是按照原定计划在教授死后到达现场拿走了密码，而杀人者另有其人。利欲熏心的江南，尽管在此前已经知道安志国是那个境外公司真正的联络人，仍然难免犹豫，在凶手帮他测试了安志国之后，他才决定和安志国进行密码交易。但江南对他的这个同伙也心存猜忌，于是决定一个人和安志国联系，就如安志国之前所说，他收到了第二张字条。

"决定和安志国进行交易之后，江南仍有顾虑，怕两人的行动被列车员或者其他人看到，导致自己行迹败露。此时，凶手为他出了一个主意，让他穿上之前就准备好的列车员制服掩人耳目，前往四号车厢的厕所。"叶青说到这里，好像知道有人要发问一样，稍做了一个停顿。

"列车员的衣服，哪儿来的列车员的衣服？"列车长问道。

"不知道，可能是网上买的，也可能是在铁路职工家属那里淘到的，现在的网上购物渠道很多。"

"你说的凶手逃脱的关键，不会就是这个吧？"陈宗纬突然大声地插话，仿佛想到了什么一样。

"是的，没错。"叶青点点头，"还有一点至关重要，我们在失去了所有的通信信号以后，手机就会脱离网络，如果时间被更改，那么手机是无法自动搜索时区的。凶手趁江南不注意，将他的手机调快一点时间，也许十分钟，也许二十分钟，那么就完全可以制造一个时间差，让江南以为约定的时间已到，先到达四号车厢，用提前准备好的内三角钥匙打开门，在厕所里等待安志国的到来。然后凶手再前去敲门，江南以为安志国来了，为他开门。进入卫生间后，凶手随便找一个借口，趁江南不备将其杀死，拿走钥匙和他的手机，然后在安志国到来之前，迅速逃离现场。"

"真的是这样吗？"列车长听了叶青的分析，还是不太确信，"那凶手又是怎么逃走的呢？"

"列车长，凶手并没有什么特别的手法，杀死江南之后，他只是换上了江南的那套列车员制服，打开厕所的门，大摇大摆地从四号车厢离开了。"

"什么？"列车长张大了嘴，倒吸了一口凉气。其他人也面露惊讶。

"可是不是说，没有人看到有人从那间厕所走出来吗？"孙慧颖还是不解地问道。

"一个冲水装置坏掉的厕所，在列车员贴上'厕所已坏'的告示之前，会有很多人用，之后虽然没有人继续使用，但是里面还是有很多排泄物滞留,谁来清理呢?列车员出入这间厕所难道不是一件太正常的事情嘛,正常到人们会忽略掉他的行为。"叶青看向陈宗纬,"而且,你还记得当时乘警长是怎么问的吗?他问的是'有没有看到一个人拿着衣服或者一个大包从那里出来',乘客们更不会想到列车员。"

"凶手就是利用了人们心理上的盲点,这也是他必须脱掉江南外套的理由。"陈宗纬确信地点着头,"可是你怎么判定凶手不是安志国呢?"

"这就要说到那枚扣子的细节了,你还记得那枚扣子所在的位置吗?"

"在郭江南的右手里啊。"

"是的,是在他的右手里,不过准确地说,是在他右手的中指和无名指之间。试想,我们任何一个人在与对方争执的过程中,如果扯下了对方身上的一个小东西,手势大概是怎样的?"说着,叶青举起右手,轻轻握住,拇指和食指捏在一起,"我们会使用中指和无名指来完成这个动作吗?无名指根本没有多大的力量。所以,江南的那个手指弯曲的手势,应该是在被凶手刺中之时,正握着什么东西,很有可能是那个没有手柄的放大镜。凶手杀死他后,将放大镜扔下蹲便器,脱去他身上的列车员制服。我猜凶手为了保证在安志国到来之前抽身离开,会在自己的手机上设定一个提醒的闹钟。他正在给自己穿制服的时候,闹钟突然响了,他急忙将那枚早就准备好栽赃给安志国的备用扣塞在江南的手中,再用钥匙锁好门,镇定地逃离现场。后面的一切都顺利地超乎凶手的预期：有人看到了接下来安志国来到厕所门前敲门的一幕，甚至包括乘警对现场所发生的一切推测以及对安志国的怀疑。"

"这只是一个小到不能再小的细节，最多算个旁证，怎么就能排除安志国的嫌疑呢？"陈宗纬虽然心里已经承认了叶青对于犯罪手法的推演，但仍然不愿放弃对安志国的怀疑。

"当然不止这一个疑点，"叶青看上去胸有成竹，"如果凶手是安志国，他脱下江南的衣服后，怎么穿在身上？他那样走出来不会被乘客们注意到吗？"

"那你的意思是？"

"江南的身高只比我高一点，如果凶手是一个身穿紧身衣的高个女人，你觉得是不是更合适一些呢？"

陈宗纬看了一眼众人，一时说不出话来。

"还有，你觉得还有谁有机会拿到江南的手机，把他的手机时间改掉而不受怀疑呢？"

叶青话音一落，所有人的目光就聚集到了一处，没错，正是穿着紧身衣的姚思琪。只有郭江南的女朋友才有可能拿到他的手机，即使当着众人的面，偷偷地改掉时间，也没有人会怀疑她。

"你是在怀疑思琪姐吗？"孙慧颖把脸扭回来，大声地问，"可是你这样也没有什么实据，和陈乘警怀疑志国有什么区别吗？"

"还有你刚才说'凶手将密码交给想借此赚取不义之财的江南',你又是如何推断第一起命案的凶手的,为什么不是郭江南?"陈宗纬也追问道。

"你们别急,还记得刚开始我提出的假设吗,就是关于伤口的那个推论?"叶青耐心地解释道,"当看到乘警长的伤口时,我就觉得奇怪,怎么也想不通凶手这样做的原因。但是当我跳出陈宗纬的结论,再去全盘考虑整个事情的时候,真相就浮现在眼前了。

"我可以先回答陈宗纬的问题,既然前两次的伤口是同一个凶手留下的,那江南总不会是自杀吧?我们再问一句,为什么凶手在仅刺一下就能杀死被害人的情况下,非要刺两次呢?我进一步大胆猜测,刺死教授时,凶手应该是第一次使用那件凶器,在时间紧张和对毒药效果并不十分确定的情形下,再镇定的人也难以控制自己的情绪,于是情急之下,就在教授的脖子上连刺了两下,并非是其有意的选择;而第二次杀死江南时又刺了两下,才是凶手冷静思考的结果,他保持两次伤口的一致性是为了迷惑我们,让我们在怀疑江南的基础上更加确信凶器为江南所有,误导我们对凶手及凶器的判断,从而隐藏自己。"

众人对叶青的话依旧是不得要领,面面相觑,纷纷摇头,只有姚思琪瞪着大眼睛盯着叶青,仿佛要一口把她吞掉。

"我还是从这件事的开头说起吧,不过具体的细节不一定完全准确。"叶青见状，清了下嗓子开口道，"事情应该是从江南发现那封信开始的，他很清楚这个密码的分量和价值，于是他调查了周围的同学，了解到安志国正是那封信要找的联络人，由此确定了这封信的真实性。但是他并没有去检举揭发这件事，而是选择利用这个机会，在安志国之前捷足先登，取得密码，然后谋求与安志国进行交易。

"江南如意算盘打得很好，但他没有想到的是，螳螂捕蝉，黄雀在后，这一切都在凶手大胆而周密的策划下有序地进行着，包括泄露那封信的内容，还有文教授此次单独去澳门的行程，我怀疑都是凶手故意安排，让江南发现的，甚至文教授和林锋单独住软卧包厢的设计，也是凶手早就谋划好的。凶手非常了解众人的性格，尤其是江南，所以才会利用他实现自己此行的目的，然后让他做那个可怜的替罪羊。

"凶手事先将密码可能藏于放大镜中的信息透露给江南，并提出一个在江南协助之下，就可以顺利盗取密码的方案。在案发当天晚饭后，按次序正是江南最后一个到文教授那里汇报课题进展，他故意碰掉导师桌上的东西，在帮导师捡起这些东西的同时，假装不小心将放大镜踩坏，以试探导师的反应。果然，文教授为防止自己的学生发现密码的藏匿之处，勃然大怒，把江南和林锋赶出了九号包厢。其实就算导师不赶走林锋，江南也会找借口拉走林锋，因为他要为他的同伙留出一个与文教授独处的封闭空间。

"接着，在江南为凶手制造出这个供其盗取密码的密室之后，凶手终于登场，准备执行那个大胆而缜密的计划。凶手的作案手法起初确实令我百思不得其解，可以称得上是创意十足而又无可复制……"

15

"我正是在想通了第二桩命案行凶手法的基础上，才想到了第一桩命案的手法。只不过凶手第一次的手法要比第二次更复杂，也更隐蔽。"叶青顿了顿，"大家一定都还记得，第二桩命案中，那套让凶手全身而退的列车员制服。对，就是这套制服，第一桩命案才是它第一次发挥至关重要作用的舞台。

"根据我的推理，让我们从第一桩命案当天的凌晨开始说起，如果凶手想完成这样完美的谋杀，那计划必须从这一刻就开始铺垫。我之所以称凶手的计划大胆独特，就是因为这一计划在其他的情况下都是无法实施的。首先，我们要明确一点，在大多数的长途列车上，列车员的换班都是根据线路上的站点而不是根据时间来确定的。具体到这趟 T238 次列车，我也是后来才了解到，这个由于凶手经常乘坐这趟列车才可能掌握的信息：二十六号晚六点四十分从始发站哈尔滨发出后，首班执勤的列车员是在天津站进行换班的。由于东北地区寒冷的气候和多山的地势，所以在冬天运行时，列车在到达天津时已经比列车表上预计的时间要稍晚,那么在进站之前,一般都需要短暂地临时停车,等待站内的调度。

"这时,凶手换上那套列车员制服,拿着那把可能是从网络上不知什么渠道买到的列车专用的内三角钥匙,打开她所要走过的每节上锁车厢的通道门,穿过列车,走到十号软卧车厢,叫醒迷迷糊糊的列车员马金,告诉他'天津站到了,可以换班了'。此时的窗外还是一片漆黑,半睡半醒的马金看看自己的手表,由于是第一次在这趟列车上执勤,加之凌晨时的困顿,马金不假思索地认定时间是吻合的。他和凶手换班之后,一路回到二号宿营车,戴上耳塞,爬回自己的铺位,继续他的美梦。

"经过短暂的等待,列车接到调度的命令,进入天津站,白班的列车员们先后从铺位上悄悄爬起来,纷纷向自己要换班的车厢走去,十号软卧车厢的白班列车员龚瑞走进车厢以后,看到的正是坐在那里等待他的凶手,凶手向他传达了之前马金刚刚交代给他的信息,顺利地完成了一次移花接木、以假乱真的交接班。自此之后,软卧车厢的两个列车员马金和龚瑞虽然在同一车厢执勤,但是他们在休息时也见不到面,并不知道彼此的职责,只认为凶手才是他们对班的列车员!"

众人听到这里,无不瞠目结舌,餐车内的空气仿佛瞬间凝结,时间直接停在这一刻,过了好一会儿,列车长才皱着眉发出一声疑问:"真的能这样吗?"

"可是,"孙慧颖也像刚刚缓过神来一样,"列车员都是一个乘务队的,怎么可能互相不认识呢?他们可是在同一车厢执勤啊!"

"这就是我刚才提到的,那个独特的条件。"叶青微微一笑,转头望向列车长。

"确实,因为我们走的这条线路连接了京哈线和京广线,是贯通南北的客运主干线,每到春运都会有这种临时情况,由互不相识的列车工作人员临时组成的乘务班组在这趟线上为增发的列车服务执勤。今年的春运又赶上南方这场罕见的寒潮冻雨,前面两趟发出的列车,人员都没回来,对客运提出了更大的挑战。所以本次列车上的列车员都是临时抽调的,来自其他各个客运段,大家之前肯定是互不相识。而且宿营车厢为了让大家好好休息,白天每个铺位都是拉着帘的,晚上也不开灯,没有人会注意到是不是有一个列车员没有回来。"列车长权威性的解答明显更容易让人信服。

"好,凶手完成了对当晚行动必不可少的铺垫。回到车厢,和江南商议好晚上的行动,答应他只要他能将教授一个人留在包厢,就帮他拿到密码。于是,在江南和林锋离开包厢,到就近的软卧车厢和餐车的连接处开始聊天时,凶手已经准备完毕。当晚卧铺列车员交班的站点是武昌站,在到达武昌站之前的几分钟,凶手再次换上那套制服,拿着内三角钥匙,从车头的方向走进十号软卧车厢,和当班的列车员龚瑞进行换班。

"简短的交接结束后,凶手用内三角钥匙打开九号包厢的门,直接进入包厢。紧随其后的,就是林锋回到车厢里,站在九号包厢门前敲门、拉门,这个时候,我相信文教授还活着,那一声'滚',正是他本人亲口说出的,林锋因此被赶走。后来凶手悄无声息地杀死了文教授,拾起断裂的放大镜,用内三角钥匙打开窗户上小窗的锁,也许凶手本来是想将小窗拉出一点空隙,以便更彻底地将调查方向引向车厢外,但无奈小窗由于平时鲜少移动不听使唤,再加上时间紧迫,凶手只好放弃。在列车还未从武昌站开出的时候,凶手从包厢中从容走出,此时车厢的通道上一个人也没有,即使有,也没有人会怀疑一个列车员。此人安静地等着马金的到来,在和马金完成交接后,镇定地离开软卧车厢,非常完美地完成了这场密室谋杀。"

在场的其他人虽然已经明白了叶青前面叙述的凶手作案之前的铺垫,但仍然无法完全确信她的结论。刚刚这一大段的描述,仿佛凶手行凶时,叶青就站在她的身边,大家无不惊叹于这段精彩的推理。

"等等,你是怎么得出那个时候文教授还活着的结论的?"陈宗纬顾不得惊讶,马上截住话头,追问道。

"起初,乘警长怀疑是江南在林锋回到车厢的当口,爬到车窗外将教授杀死,然后在情急之下,冒充教授喊了一声'滚',以保护自己和现场不被过早发现。且不论林锋回到车厢的时间够不够江南完成那样一次谋杀,还有从正在行驶的列车窗外喊一声是否真的能清晰地传到车厢通道去,我们只看一点,假如凶手真的在窗外,就算他可以刺中教授,大家一定还记得,毒药起效之快,死者都来不及挣扎,那么文教授被好好地盖上被子,是一个在窗外的凶手能完成的吗?所以那一声,必然是教授自己发出的。"

"为什么就不能是凶手发出的呢?"

"这一点也是我之前百思不得其解的地方。"叶青的手不易察觉地握紧了,"在全部三桩命案中,不知大家有没有留意到,所有的命案现场都没有人听到任何争执或者是打斗的声音。刚才我们已经说过第二桩命案,因为江南和凶手之前有所合谋,所以即使在卫生间里突然见到凶手,仍会避免发出声音。那么第一桩命案呢,为什么隔壁包厢的人都没有听到任何声音,反而只有一声'滚'?这到底是凶手喊出的,还是教授在骂凶手?其实都不是。"叶青身体紧绷地望向陈宗纬和列车长,"还记得文教授脸上那副古怪的表情吗,他为什么会笑得那么——畸形?我想,正确的解释只有一个:包厢里的文教授和凶手根本没有任何争执,那声'滚'就是教授为了赶走林锋骂出的,因为站在他面前的凶手,是一个穿着制服的女人,在他濒死之时,他脸上的得意还未来得及彻底转化为恐惧,这更说明他们之间,有着非同一般的关系——对吗,姚思琪?"

叶青说完这番话,如释重负,握紧的拳头慢慢地松开,随之松懈的还有她的精神和身体。她默默地低头给自己倒了一杯热水,捧在手中轻轻地吹着热气,然后慢慢地喝了一小口。

陈宗纬听完叶青的推理,站在一旁,用手摸着下巴,还在反复琢磨刚才那番精彩得仿佛亲眼所见的推理。列车长和其他人全张大了嘴,愣在一旁,几桩命案中之前无法解释的疑点都被一一解答,他们都被眼前这个无懈可击的推论镇住了。

又过了好一会儿,列车长见姚思琪一直不开口,便问道:"姚思琪,你还不承认吗?"

姚思琪看看列车长,紧咬着嘴唇,一言不发。

"这个手法听上去确实有实现的可能,可有一点——当晚在换班的时候,应该是很多列车员一同从二号宿营车走向自己所要换班的车厢,软卧车厢在整节列车的中间,应该还有硬座车厢的列车员要继续往车尾走,但当凶手走到软卧车厢的时候却只有她自己啊,她难道不怕这个破绽被龚瑞发现而起疑吗?"孙慧颖依然不愿放弃这个结论的任何一个可能的漏洞,她从情感上还是不能接受这么漂亮的师姐竟是杀人凶手的事实。

"这里面其实还有一个细节,"叶青点头,表示理解孙慧颖的疑问,"每节硬座车厢乘客的数量几乎是软卧车厢的三倍、硬卧车厢的两倍,尤其在春运期间,因为硬座车厢连过道上都坐满了人,列车员有时候甚至要把自己的乘务室让出来给乘客休息,这就造成硬座车厢的工作数倍繁杂于卧铺车厢,所以硬座车厢都是需要三班倒的。接下来,嗯——列车长,具体的安排还是得由您来解释。"叶青微微欠身,做了一个"请"的手势。

"如果是平时的话,在天津站换班的只有卧铺车厢的列车员,他们是十二小时一班的两班倒,而硬座车厢的列车员是每八小时一班的三班倒。但是本列车在出发的时候,我们并没有调集到足够的人手，只好让第一班执勤的硬座车厢列车员也跟卧铺车厢列车员一起在天津站换班，我在列车出发以后就联系了天津站所在的北京铁路局，这是我们出了东北地区以后最近的铁路局了，于是局里就为我们紧急抽调了一些人手，在我们到达天津站以前全部准备就绪。所以在后面的旅程中，有了他们的加入，硬座车厢都是八小时一班的三班倒。"列车长说完，向叶青微笑致意。

"正是如此，也就是说凶手是知道平时列车上的换班规则的：就是卧铺车厢两班倒，硬座车厢三班倒。那么我们看看为什么凶手敢于设计这样的出场方式，请大家再想想看，软卧车厢在整列车的什么位置？"叶青不自觉地打了一个响指，"对，是所有卧铺车厢的最后一节。三号到九号是硬卧车厢，十号是软卧车厢，十一号餐车后面，十二号到十七号全都是硬座车厢。也就是说在卧铺车厢列车员换班的时候，硬座车厢的列车员因为换班时间不同，是不会一同出发的。而从二号宿营车走出的列车员除了十号车厢的以外，全部都会停在前面几节车厢进行换班，并不会有其他人走到十号车厢去。所以凶手是不会受到怀疑的。

"具体到我们这趟列车，在案发当天的那个凌晨，凶手并不知道列车员人手不够，仍按照平常的换班规则前去进行计划的铺垫，采取的手段是利用天津站前的临时停车来偷换换班的节点。对凶手来说，幸运的是马金第一次跑这趟车，半睡半醒的他并不知道这趟车在天津站之前，总是要临时停车等待调度，他以为自己换班的时间已经落后于所有其他车厢的列车员，所以在往回走的时候，他会以为前面的车厢都已经完成换班，下班的列车员已经在他前面回到宿营车了。于是他急忙赶回宿营车睡下，在他睡熟以后，列车才缓缓驶入天津站，其他要换班的列车员才会纷纷起床。至于后面每天两次的换班，就如凶手之前计划好的一样，不会受到任何的怀疑。

"其实，凶手不仅计划周密，而且也很走运。她在凌晨的这次行动也是带有实验性质的，如果被发现，最多是被批评教育一下。然而事实是在准确地把握时间的前提下，她幸运地避开了所有不利的因素，顺利地骗过了两位在同一车厢执勤的列车员。当然，如果天津站之后，列车上如果没有补充人手，依然维持硬座和卧铺同步换班的话，凶手的伎俩就会被轻易拆穿，然而事实并非如此，增派的人手反而帮助了凶手，成了整个计划中的一部分。"

"不可能，我还是不相信，思琪姐不是那样的人。"孙慧颖的理智仍然无法摆脱情感的控制，像一个单纯的孩子，"如果真是她，那她来来回回地在车厢里走，总会被人看到换衣服吧，你们在她的行李里不是也没有找到那套制服嘛！"

"她是不会把那套制服放在自己身边的，"叶青依旧耐心地为她解释，"因为她每次都要从车头方向走过来，而你们所在的十三号车厢在车尾那端，我猜她一定把那套衣服藏在某个硬卧车厢的行李架上了。嗯——还有，为了不让你们对她每天早晚频繁地'上厕所'起疑，她的'例假'也很可能是假装的。"

孙慧颖这下没词了，只是可怜巴巴地望着姚思琪。

"姚思琪，还不打算承认吗？"陈宗纬不耐烦地看了一眼孙慧颖，又看了看叶青，"其实不用解释那么多，要不要我把马金、龚瑞两个列车员请过来？"

"不必了，我承认。"姚思琪抬起眼帘，用手轻拍了一下孙慧颖的肩膀，然后轻抚着她的后背，叹了一口气，"都是我做的，我全都认。"

陈宗纬利索地从腰间解下手铐，举到了姚思琪的面前，抓起她的双手，将手铐给她戴上："那你是不是该告诉我们，那个密码到底在哪儿？"

姚思琪抬起被手铐铐住的双手，指向她的化妆包。

列车长拿起化妆包，拉开拉链，抓住底部，往下一倒，所有的化妆品全部散落在外。

"就是那支黑色的口红。"姚思琪有气无力地说道。

列车长从一堆化妆品里准确地抓出一只黑色磨砂外壳的口红，直接打开盖子，里面是崭新的，并未用过，他一拧底下，随着上面的口红升起来，下面露出了一截闪亮的金属。列车长将手中的口红交给陈宗纬，陈宗纬戴好手套，将上面那截口红去掉，把下面的那截圆柱形的金属棒取了出来，展示在大家面前。

大家仔细一看，那确实是一个能够藏进放大镜手柄的金属小圆棒，这个圆棒就像达·芬奇的密码筒一样，中间由八个金属小圆盘串接而成，每个圆盘上都刻有〇到九十个数字，但是顺序不同，它们能像自行车的号码锁一样一格一格地转动，两边用同样大小的固定圆盘锁住，在其中一端固定的圆盘上印有红绿两个箭头，分布在圆盘的直径两端。

"怪不得要用放大镜呢，"列车长端详了一下这个短小的密码筒，"确实够精致，可是上面的数字，真的是太小了。"其他人也都点头赞同。

"这八位数字一定是日期……"叶青的话听上去是已经悟出了密码的破解之法。

"等等，"陈宗纬立刻打断她，"这个密码可能已经涉及国家安全，所以就算你想到什么，在这儿说——不合适。"

叶青点了点头。

陈宗纬先收起那个密码筒，然后转过身微笑着对叶青说："多亏了你，我们不仅找到了那个密码，也找到了杀人真凶。"

"真凶？没错，不过真凶可不止一个人。"叶青放下手中的杯子，脸上再次出现了倔强的表情。

"叶青，你——"姚思琪立刻失去了刚才的镇定，"我已经全认了，都是我干的。"

"那你说说，你是怎样杀死乘警长的？"

"我……"

"你是不是想说，你穿着列车员制服一路走过来，根本没有人看见你？"

"我全招认了还不行吗……"姚思琪近乎哀求地看着陈宗纬和列车长，之前的傲慢一扫而光。

"事关我舅舅的死,所以真凶绝不能逍遥法外!"叶青瞪大了眼睛,盯着姚思琪。

"怎么回事,叶青?我怎么没明白呢。难道你的意思是,老李真的是另外一个人杀的?"本来已经放松下来的列车长,重新紧张了起来,"像你刚开始说的,第三桩命案跟之前不一样?可是如果不是听了你刚才的分析,谁还能凭空想出像姚思琪这样的阴谋诡计。"

"列车长,正是。我仍然相信自己最开始时的判断:姚思琪在完成两桩命案之后,她此行的目的——杀害教授、获取密码、嫁祸江南,再杀江南灭口,栽赃其他人为自己脱罪,看上去已经'圆满'实现。"叶青掰着手指头,边数边说,"从整条线上看,第三桩命案总让人觉得有点画蛇添足,看上去就没有前两桩那么有条不紊。我猜想,第三桩命案的凶手很有可能是推测出她就是前两桩命案的凶手,于是他偷偷地拿到那件凶器,临时策划了对乘警长的谋杀,而正因为根本不知道前两个被害者伤口的样子,他才在杀害乘警长的时候只刺了一下,因为只一下,毒药就会起效,足以使被刺者在瞬间丧命。"

"那你是不是对这个凶手的作案过程也已经胸有成竹了?"陈宗纬站在原地问道。

"我想再试着推测一下,列车长。"叶青语气恳切,再次提出请求。

列车长严肃地看着她,重重地点了下头。

"最后这桩命案,我想,应该从十三号车厢里的那个精神病人常洪兵开始说起。他的出现,从某种程度上,应该说是触发了凶手行凶的念头,因为凶手并非早有预谋。最开始,凶手没想到杀人,只是想利用他,让他为姚思琪毁灭证据、减轻嫌疑。因为——列车长、各位——凶手比我们更早猜到了前两桩命案都是姚思琪所为,以及她想栽赃的对象。"

"你说的……是——"陈宗纬抬起手摸着后脑勺,两个眼珠往左上方转动,边回忆,边拉长了声调。

"对,就是九号包厢的现场被人进入破坏的事。"叶青点头,"你一定还记得,在此之前,文教授的几位学生讨论导师的死和江南的嫌疑时,曾不小心被常洪兵听到。加之列车毫无预兆地启动,仅仅走了一小段路后,又突然停下,这一切就好像刚给人们插上希望的翅膀,反手就将人们抛回地面一样。这种心情的落差不要说一个病人,就是正常人也不太适应啊。以上这些事给常洪兵本就脆弱的精神造成的刺激,可能足以导致他发病。但令我更加好奇的是,他为什么那么确信车上有人要害他呢。

"他刚刚发病的时候,是对着没有信号的手机一直讲,被旁边的乘客偷偷地反映给了列车员,列车员出面劝阻,他就认为列车员在阻止他求救,是要加害于他,这是第一次。然后常洪兵和列车员吵起来,拿水果刀和列车员对峙,直到乘警长制服了他,这是第二次。有了这两次的印象,从他的角度去看,就会确认有人确实想要害他,而且很有可能就是本列车上穿着制服的列车工作人员，而我们却没有注意到这点，每次劝他都不断强调'自己穿着制服'，以常人的思维想从一个精神病人那里获得信任，结果起了相反的作用。

"我猜想凶手一定是看到了姚思琪考验安志国，驱使他去九号包厢的过程，原本了解一些情况的他，从而更加确信前两桩命案都是姚思琪所做。于是他思来想去，决定借常洪兵的状态，趁常娟疏忽大意，策动了第一次行动：就是偷偷找到刚上完卫生间的常洪兵，告诉他'十号软卧车厢的九号包厢里，有一个被害死的人，你要不要去看看'。于是常洪兵便成为凶手的棋子，替他完成了为姚思琪毁坏罪案现场证据的行动。

"九号包厢门的锁虽然被安志国打开，但是门并不会开，可能一直都没人注意。常洪兵在安志国走后到达，他拉开包厢门，看到包厢里的情景后非常害怕，手足无措，继而搞乱现场，造成的结果就是他更加相信自己的妄想，也更加忌惮'穿着制服'的人了。他首先想到了自己的妹妹，出了包厢就往十三号车厢跑，可是刚到十三号车厢的连接处，就看到刚才劝阻、训斥他的十三号车厢列车员下车倒垃圾，他马上侧身隐匿，同时列车员的行为也给他提供了新的思路——逃离这趟列车。"

"所以他才会逃到对面那列T236上去，后来在他妹妹把他劝回来之后，他就指认了安志国。"陈宗纬顺着叶青的叙述，想起了那天后来的事。

"不，不是指认，他当时只是朝我们的方向看，像孩子害怕自己藏起的东西被发现一样，他并没有说出，是谁告诉他车上有人要害他，因为他根本就不相信你们。可凑巧的是，善于察言观色的乘警长绝不会放过这个机会，他幸运地发现了前一晚出现在四号车厢那间厕所门前的人——安志国。

"当再次回想整件事的过程时，我注意到，当时乘警长忙于调查命案和处理这个令人头疼的病人，他可能已经想到，是有人故意利用这个病人来扰乱他的调查，但是他无暇对眼前庞杂的线索进行有效的甄别，只能在凶手的巧妙安排下亦步亦趋。

"经过调查，乘警长虽然发现所有线索都指向安志国，但也感觉到这其中确有不妥，自己仿佛是被凶手一直牵制而遗漏了一些细节。尽管与陈宗纬意见相左，他仍打算静观其变，因此才放安志国回到十三号车厢。而这一信号无疑是告诉凶手：'我已经快要发现真相了，安志国不是嫌疑最大的人'。其实凶手此时也已经做好放手一搏的打算，一旦发觉乘警长调整调查方向，就会立刻行动。

"在那天晚上熄灯以后，常洪兵和十三号车厢里一对情侣的摩擦给整节车厢造成了混乱，为了防止事态失控，疲惫的乘警长又被请到了十三号车厢去'救火'。在平息事态之后，乘警长曾向乘客们表态，他马上就可以确定凶手，并承诺在第二天给大家答复。我相信，乘警长这样说，不仅仅是为了安慰乘客，同时也是经过反复思考后，获得了一定的进展，只不过在整条线索链上还缺少决定性的几环。可是这席话在凶手听来，却是压垮他精神的最后一根稻草，他不再犹豫，决定为了姚思琪，豪赌一把。"

16

"你赢了。"

随着"咣当"一声响动，T238次列车向前蹿动了一下，东临海钓协会的那几个大叔不约而同地对他们身旁的一个年轻男乘客说道。

"哈哈，我就说嘛，对面那列车都开走了，我们还能等太久吗？就是今天！"男青年喜悦之情溢于言表，"进站别忘了给我买啤酒，每人一罐啊。"

"哎，小伙子，你也别太得意啦，万一像之前那样开着开着又停了呢？那你还是得算输啊。"

"这回不会了，你看，手机信号也来了。"

"哎哟，可不，你看，短信一直往里进啊。"不光是大叔们，车厢里所有人的手机都不停地响着或者振动着，这久违的声音就像交响乐一样振奋人心。

"喔，这下终于好了，没准一会儿到了长沙站，还有政府领导上车慰问，发吃的呢！"

"肯定会有的！"

……

随着车速越来越快，列车根本没有停下的意思，整列车的乘客都高兴极了，人们的心也随着奔驰的列车飞扬起来。

十一号餐车里的人们正听着叶青对于第三桩命案的推理，列车突然启动，所有人的身体都晃了一下。几天来，这本应是大家最为期盼的时刻，但此时每个人的脸上都不见笑容，不知道他们是已经对此麻木了，还是全情投入在叶青对案情的叙述中。只有列车长凭着多年的职业习惯，记录下了列车启动的时间：一月三十日上午十点五十分。

"凶手打定主意，戴着安志国摘下的眼镜和从姚思琪那里偷来的凶器，趁车厢里乱七八糟，偷偷打开十三号车厢的门，藏在车厢门外的踏步台阶上，静静地等着，直到午夜，温度下降到一定程度，列车的窗户全都被霜花覆盖，车厢里的人即使没有睡，也无法看到窗外发生的一切。"叶青说到这里，看了一眼窗外徐徐后退的景色，然后抿了一下嘴，好像给自己打气一样地点点头，"凶手拿出之前从那几个大叔那儿偷来的钓线和钓钩，准备执行自己的计划，虽然这个计划算是临时起意，但其大胆程度丝毫不逊色于姚思琪的——"

"呵呵，什么？"陈宗纬粗鲁地打断了叶青的话，"你是说凶手利用钓线将自己绑起来，荡到餐车去吗？不可能，中间的距离太远了。就算是他能进到中间的任何一个车厢里也没用，因为每节车厢的前后通道门都有人看着，他过不去的，除非他有轻功，可以踏雪无痕。"

"凶手确实有轻功，要不然常洪兵怎么会说'那个人，他飞过来'呢！"

"你说什么？"陈宗纬和大家一样，惊讶于叶青那不以为奇的态度。

"列车两边的雪地上没有脚印，车顶上也没有任何的痕迹，对吗？"叶青望向陈宗纬。

"对的，昨天傍晚大风就停了，如果昨夜——别说是个人，就是个老鼠爬过，也一定会留下痕迹的。"陈宗纬点点头，说到后面又摇摇头，还是不得其解。

"看上去，所有从十三号车厢到十一号餐车的通道已经全部被阻断了，然而在凶手眼中，有一条天赐的通道，是大家一直没有留意的——就是对面那列 T236 次列车。凶手正是利用了这列车，完成了他的把戏。他从十三号车厢朝铁道内侧的门外出发，先爬上车厢端部爬梯的顶端，将其中的两个钓钩分别用钓线绑好，朝对面的 T236 车厢端部的爬梯抛过去，爬梯的横杆大概只有手指粗细，他让两个钓钩分别挂住对面爬梯顶部第一根横杆和往下的第四根或第五根横杆，然后将其拉住、绑紧，用手抓住上面的那条线，或用身体靠住，双脚踩着下面的那条线，就可以像走钢丝一样一点点地挪到对面那列车的车厢门外。

"到达 T236 以后，他就顺着爬梯爬上车顶，然后从车厢的另外一侧爬下，他本来打算把人们扔下车的垃圾垫在脚下，掩藏自己的足迹，慢慢地沿着铁轨走过去，可没想到的是，T236的铁轨外侧已经被之前路过的羊群搞得遍地狼藉，不需要他亲自动手了。他加快脚步，到达了十一号餐车对面的位置，再从车顶翻回T236次列车的内侧，站在踏步台阶上，拿出剩下的两个钓钩，分别用钓线绑好，故技重演，就这样到达了十一号餐车的门外。当常洪兵迷迷糊糊地在半夜醒来，他透过车窗上一点点的缝隙恰巧看到凶手在空中向他所在的方向移动，所以'那个人'就是一个'飞在空中'的人，因为透明的钓线在夜里是几乎看不到的。"

"这样真的可行吗？"孙慧颖又眨着她那双天真的眼睛问道，"如果没有抛准，那钓线不是要在雪地上留下痕迹吗？"

"我不知道你仔细观察了没有，这里的雪和北方寒冷地区的雪不太一样，这里更多的是冻雨，落到地面后结成冰层，和雪粒混在一起，并没有那么蓬松，就算是钓线在上面扫过或是划过，也不会留下什么痕迹。我们这一型号的车厢距离地面——算上铁轨和枕木的高度，大概有……"叶青说到这里，自然又望向列车长。

"四米半。"列车长心领神会，"两列车之间大概有五米多的距离。"

"噢，这样看来，只要凶手站得够高，还可以在抛线过程中注意控制，失败后，避免让线和钩落到雪面上。"

"可是就算钓钩能挂到爬梯上，那么细的钓线能承受一个人的重量吗？"

"这一点我们曾找海钓协会的大叔确认过,这种海钓的钓线至少可以拉起两百公斤重的大鱼,只要角度控制得当,两根线各承担一半成年人体重所产生的张力,是完全可以实现的。"

孙慧颖连续的两个问题都得到了解答,她眼珠转了两圈,又眨眨眼,没再说话。

"我也有一个疑问,"陈宗纬在一边举起了手,他看上去很是懊恼,"以乘警长的身手,即使是凶手隐藏起来发动突然袭击,也绝不会轻易得逞,可为什么我什么都没有听到呢?"

"这一点跟前两桩命案表现相同,但原因不同,并不是因为凶手和死者熟识。在检查乘警长尸体的时候,我们并没有找到他的烟和打火机,我舅——啊,不——乘警长是一个嗜烟如命的人,他身上绝不会没有香烟。所以我猜想,乘警长一定是半夜醒来想到了什么关键的地方,想到车厢连接处去抽根烟、醒醒神。而此时的凶手已经从车厢门外潜入餐车和软卧车厢的连接处了,他藏在车厢门边,正打算起身打开餐车通道门——他根本不知道每节车厢的通道门都有人把守。不过他实在是太幸运了,就在他还未起身之时,乘警长拿着烟和打火机从门里走了出来,由于连日的劳累和压力,他在走进连接处之后,大概是突然晕倒在车厢门旁了。对凶手来说,这绝对是天赐良机,于是他拿出凶器,从乘警长身后……所以不会有任何打斗的声音。"叶青咬了一下嘴唇,深吸了一口气,"这也说明了为什么乘警长的伤口位置在他颈部的右侧,而前两具尸体的伤口位置都在颈部的左侧。

"杀死乘警长之后，凶手为了落实安志国的嫌疑，将眼镜放在乘警长的腰带扣位置。因为乘警长晕倒后已经跪坐在地，所以凶手只需将乘警长的双手交叠后从身体前方压住眼镜，就可以保证眼镜不掉落。为了延迟乘警长尸体被发现的时间，他打开外侧车厢门，将乘警长推下车厢，顺道将掉落在地的打火机和香烟一起踢了下去。然后凶手顺着原路返回对面的T236，烧断连接十一号餐车的两根钓线，穿过雪地上的垃圾以后，待回到这边的十三号车厢门外后，再烧断剩下的两根钓线，打开车厢门，藏身于连接处的车厢门边，等待天亮后列车员打开通道门，便可以趁人不备，混入车厢。

"早上回来之后，凶手还有两个重要任务必须完成。第一个，就是找借口把他从姚思琪那里拿走的、为嫁祸安志国特意定制的凶器，也就是安志国现在戴着的那副新眼镜，给他送回去，尽量不要让他发现破绽。第二个，就是找机会到餐车的连接处去，到车厢门外，把自己前夜留在爬梯那里的钓钩和长长的钓线收起来，而十三号车厢这边的钓钩和钓线因为是在回来的时候烧断的，所以已经被开走的T236带走了。"叶青说到这里，胸口剧烈地起伏着，她怒目圆睁，咬牙切齿地扭过头，"我说得对吗，刘闯？"

"故事很精彩。"刘闯淡淡地答复。

"啊——"叶青话音一落，孙慧颖惊得直接叫了出来。刘闯平时可是像大哥哥一样地照顾她，在她的心里，阳光成熟的刘闯和神秘优雅的姚思琪才是他们学院最般配的一对，可在这一天，二人竟先后成了杀人凶手！

陈宗纬听罢，径直走到安志国面前，安志国早已将眼镜摘下，双手颤抖着递给了陈宗纬。陈宗纬小心地接过眼镜，拿在手中，举到眼前，对着光亮前前后后地反复查看，一边看一边自言自语："哎——这不就是普通的眼镜嘛，哪能藏凶器啊？"

"我看看，"列车长也走到他旁边探头观看，但并没有伸手去拿眼镜，"还真是看不出，叶青，你——确定吗？"

叶青并未答话，只是伸出手接过了眼镜，她用左手抓住其中的一条眼镜腿，右手抓住镜腿末端的黑色塑料套，稍一用力，就把那个塑料套拔下来了，里面的镜腿露出一截金属，并无特别之处。叶青稍一皱眉，换到另外一条镜腿，重复刚才的操作，这边的塑料套明显比刚才那边更难拔出。随着叶青轻出一口气，塑料套被拔下后，所有人都看到了，在之前被包裹着的镜腿末端，是一根细细的、大约一寸长的、闪着金属光泽的针。

所有人倒吸一口冷气。这就是那把害死三个人的凶器，那根毒针！

陈宗纬走上前来，小心翼翼地接过眼镜和两个塑料套，再慢慢地分别将它们套回眼镜腿上，仔细地收好。

"可是这也不能说明凶手就是刘师兄啊！"孙慧颖还是不依不饶。

"其实，常洪兵早就不止一次地告诉过我们了。第一次，当他从对面的列车上回来的时候，他的眼神就是在寻找刘闯，可惜当时刘闯并不在座位上，乘警长反而因为这个，阴差阳错地发现了安志国就是那个披着大衣的人。第二次，就是今早，当时我和刘闯站在餐车通道门外，陈乘警曾追问常洪兵，乘警长在昨夜的去向。当常洪兵提到目击'飞人'的时候，再次不自觉地用眼神瞟向门外。他两次下意识的眼神正是提示了我们：告诉他车上有人要害他、让他去九号包厢、夜里'飞过来'的人都是同一个人——刘闯。

"刘闯之所以敢这么做，就是抓住了常洪兵畏惧'穿制服的人'的心理，在与常洪兵私下的聊天中，他将自己伪装成一个理解并支持他的'好人'，从而骗取了他的信任，利用他完成了对自己行动的掩护和对安志国的进一步栽赃。即使常洪兵最后把他招认出来，一个精神病人的话也不会被采信。"

"可是你没有证据，"姚思琪抬起头，依旧是慢条斯理地说，"再怎么说，这只是你的猜测。"

孙慧颖也附和着点头。

"既然这样，那我就不妨再猜猜。今早你们醒来之后，刘闯就到餐车来给你们买饭，一直到现在，他都没有回到十三号车厢，更没有离开过旁人的视线，所以我猜，餐车车厢外那两个绑着钓线的钓钩还在他的身上。"

一听叶青说到钓线和钓钩，刘闯就猛地想从椅子上站起来，结果被一双大手牢牢按住，不能动弹。原来是陈宗纬早就悄悄地站在他身后了。

"列车长，麻烦您。"陈宗纬按住刘闯后，眼神朝下方示意。

列车长走到刘闯身侧，俯身下去摸查，真的在他的裤兜中翻出了那两个还缠着钓线的钓钩。

"怎么样，还想说什么吗？"列车长将那对钓钩举到刘闯面前。

刘闯看着列车长，仿佛张嘴要说些什么，又把话吞了回去，他摇摇头，长出了一口气，整个人瞬间失去了光彩，低头颓坐在椅中。

"你怎么这么傻啊？"眼泪在姚思琪的眼眶中打转，她深情地望着刘闯，"这样太不值得了……"

刘闯的脸上浅浅一笑，只是抬起头望着姚思琪，仍是一言不发。

不到一上午的时间，叶青已经让大家第二次不自觉地捂住张大的嘴，在场的所有人除了唏嘘案件的真相，还惊叹于她超乎常人的推理能力和想象力。她能在如此繁杂的细节之中敏锐地抓住那些偶尔显露的线索，抽丝剥茧般找到事件表象背后暗合逻辑的行为，将它们重新组合再次呈现在大家面前，就像一个心灵手巧的沙画大师，将一盘零落的散沙还原成一幅幅流动的光影片段。

17

"就好像做梦一样。"当叶青走下两级踏步台阶，脚步落在长沙站的站台上，她深吸一口气，仰头看了眼蓝蓝的天空，自言自语道。

T238次列车早已稳稳地停在了长沙站的一站台，广播里一直在提醒站外焦急等待接站的人们，本次列车应于二十八日凌晨零点五十五分到达长沙，已晚点约五十八小时。站内接车的工作人员也急忙对列车进行检修、补给，车上的乘客看到站台上前来慰问他们的铁路工作人员，就像见到亲人一样笑逐颜开。大家互道辛苦，一派和谐景象。

另一边，刑事技术支队的警察紧锣密鼓地完成了对凶案现场的勘查和取证，正在将三具尸体运下列车。站台上，列车长、陈宗纬正在向长沙铁路公安处刑侦支队的赵队长简要地介绍案情。

"快过来。"列车长回头，向叶青招手，"赵队长想见见你。"

"啊，你就是叶青吧，你好！"等叶青走到面前，赵队长主动伸出手,"叫我老赵就好了。"

"赵队长,您好。"叶青缩回刚要伸出的手,鞠了一躬。

"噢,你舅舅的事,请节哀。"赵队长点点头,顺手竖起了大拇指,"你的推理很精彩,不仅为我们抓到了凶手,还帮我们找到了丢失的密码,为国家挽回了损失。可以考虑看看是不是到公安系统来工作啊!"

叶青脸红了一下,并未答话。

"不过暂时还是得请你配合我们的工作,国安局的同事也在等你们,等事情处理完,才能送你们去目的地——请吧。"

叶青和陈宗纬告别了列车长,坐上了赵队长的车后座,一同往市区的铁路公安处去了。

"叶青,我有几个事儿还是没想明白。"陈宗纬在旁边看着叶青,眼神中带着疑惑。

"哦?你说。"叶青慵懒地陷在车座里。

"你是怎么把列车换班的事了解得那么清楚的?"

"其实我一开始并不了解,只是舅舅在问询安志国后的表现和他一直提及的可能遗漏了什么的话语,这两点提醒了我。我就按着舅舅的思路继续走下去,如果安志国不是凶手,谁还能从那间坏掉的厕所走出而不被注意呢?列车员自然进入了我的视野。可是一个人要想伪装成列车员而不被其他列车员发现,只有利用换班这唯一的机会。说到底,我觉得舅舅他一定也想到了,只不过还没有十足的把握。"叶青又叹了一口气。

"听上去简单,可是就连我们铁路内部的人都想不到啊。"

陈宗纬赶紧转移话题。

"只缘身在此山中吧，因为这些对于你们来说是再自然不过的事了，可能根本不会往这个方向去想。"

"也对，我确实没有考虑到这个角度。"

"而且，在乘客眼中，你们每个人都是身穿制服，默默无闻地为他们服务，你们是列车上最可靠的人，所以大家也不会产生一丝怀疑。"

"那凶器呢？你是怎么想到那副眼镜才是凶器的？"

"当想到姚思琪会换上一身列车员制服在车厢里走来走去的时候，如果你那么漂亮，你会不会担心有人把你认出来？于是，一副眼镜就是最好的面具，同时也是最隐蔽的凶器，如果最后还能戴在替罪羊的身上，岂不完美。"

陈宗纬佩服地点点头。

"还有吗？"叶青打了一个哈欠。

"还有刘闯，他为什么要铤而走险行凶杀人？"

"今早醒了以后，我想也许从这几个人私下的相处里能发现什么端倪。我又去找了林锋，从他那里了解了这几个同学的关系。当他提到，有一次刘闯差点因为姚思琪和文教授动手的时候，我就猜想，也许他们之间的关系并不像我们看上去的这么简单：姚思琪可能根本就不在乎江南，而刘闯却在偷偷地保护姚思琪，不过真正的动机还要看他们自己的交代。"

"那你是如何想到姚思琪的动机的？她为什么要杀掉自己的导师，竟然还是那样的手法。"

叶青突然浑身不自在起来,她的手悄悄地握紧拳,心想:就是那段相似的经历,不,我永远都不会告诉任何人的。她朝陈宗纬尴尬地笑了一下。

"也是林锋说的?"陈宗纬问道,"看来他知道得挺多的嘛。怎么,保密啊?"

叶青点点头。

陈宗纬识趣地没再追问,转过头望向窗外,嘴里感叹着:"唉,那么漂亮的女生,怎么就那么心狠手辣呢!"

"一定是的——"叶青此时也望向自己这侧的窗外,公路两旁,树木上的冰挂正在消融,"目睹磨难,会让心变得柔软;而亲历磨难,会让心变得冰冷。"

"你刚才说什么?"陈宗纬没有听清叶青的低语。

"啊?"叶青被问得一愣,突然"嗡嗡"的振动声传来。叶青掏出手机,屏幕上显示的是她男朋友的名字,她抬头看了看陈宗纬,按下了绿色的接听键。

"喂……"

18

"喂,小姚,你下午来我办公室吧,就楼上这个。我刚从深圳回来,给你带了好东西。"文教授笑眯眯地用左手按下座机的免提键,右手翻开办公桌前的新月历,用食指在日期上划过,停在了一月二十六号的位置上。

"老板,我今天下午有个彩排……"

"说了多少次了,不要叫我老板,叫我老师。"

"老师,今天下午……"

"彩什么排,先来我这儿,然后再去。吃完午饭就过来,一点之前哈……"

没等她接话,电话那端就传来了忙音。姚思琪看了看对面的空床铺,她的室友已经跟着那个开淘宝店的男朋友搬出去住了,本来住两个人的宿舍,如今只剩下她一个人了。自从知道了这事以后,文教授联系她就更加肆无忌惮了。姚思琪握着手机的手慢慢地放下,落在了面前的桌沿上。这部手机是文教授买给她的,平时她并不会拿出来用,因为里面只有教授一个联系人，每次这部手机铃声响起的时候，她都会浑身紧张，神经质一样地难以控制。此刻，她真想把这手机摔了。想到这儿，她抬起手，把手机朝桌角使劲一磕，屏幕上立刻呈现出放射状的裂纹，只能依稀看出日期是：十二月十八日，星期二。

  阴沉的天空下，凛冽的海风吹过校园的每个角落，仿佛在催促疾走的路人，让他们快点进入温暖的室内。午饭过后，姚思琪从食堂出来，披上一件过膝的白色羽绒服，穿过体育场，沿着风雨连廊，走进了能源学院的大楼。大楼里，四楼到五楼之间的楼梯上，有一扇厚重的防盗门，因为五楼里面是一间保密的综合办公室和四间资料室，文教授每次联系她，都是让她到这里来。姚思琪走上四楼半的台阶，拿出一个只有有限的几个教授才有的磁卡，刷开了那扇大门，迈步进去，大门自动关上，身后楼道里的灯光也被隔绝在外面了。

  这一层的走廊光线比较差，因为走廊上的窗户朝北，而且都是细碎的彩色玻璃，窗外的墙壁上布满了密密麻麻的爬山虎。即使是在夏天的白天从这里走过，被爬山虎遮蔽的走廊里也是异常的昏暗，偶尔有光线照进，落在墙上的斑驳影像仍让人产生光怪陆离之感。整个走廊非常安静，只能听到姚思琪鞋跟落地的"嗒嗒"声。文教授因为拿到了那个能源局的保密项目，所以由校长特批，占用了整个五层楼。姚思琪走过资料室，站在办公室门口，轻轻地敲了三下门，用卡在门边的机器上一刷，"咔嗒"一声，门开了。

  推门进屋，迎面是一张白色的长方形办公桌，桌上那个磁力悬浮地球仪摆件格外引人注目，文教授正背对着门坐在椅子上，听到开门声，便将椅子转了过来。

"我给你打电话，怎么打不通啊？"文教授脸上挂着猥琐的笑容，与整间办公室规整的摆放显得那么的格格不入。

姚思琪并未答话，而是卸下背包，脱下羽绒服，挂在角落的衣架上。

"忘了告诉你把上次那件空姐的制服穿来了——哎，我问你话呢！"

"手机摔了。"姚思琪白了他一眼，"外面都什么天了，穿那个不冷吗？"

"哦，好吧好吧——深圳太热了。"文教授打开办公桌左侧最下面的抽屉，从里面拿出一个巴掌大的盒子，"给，这部新的，就是给你带回来的。"

"我不要了，你别找我了行不行？"

"怎么，不是讲好到你毕业吗？"

"可我现在不想了，为了你的项目，为了你跟院长的事情——校长，还有那些官员，我都帮你搞定了，还不行吗？"

"你说不想就不想吗？况且我怎么舍得让你那么早毕业呢！"

"你说什么！"姚思琪走到办公桌对面，双手压在桌沿上，俯身怒视着文教授。

"哼！"文教授冷笑一声，缓缓站起身来，绕过办公桌，站到姚思琪身边，用手轻轻地抚摸她的肩头，贴着她的耳朵轻声地说,"你是跟我发脾气吗? 没关系,就算生气也还是那么美。"

姚思琪根本没看他,气得浑身发抖。

"我这记性是越来越差了,"文教授又用手指拨弄起她的头发,"都忘了告诉你,你第一次主动来找我时的那份录像,我这儿还有备份呢。"

"你……"姚思琪浑身颤抖,"你这个衣冠禽兽!"

"哈——哈哈,彼此彼此,你也不是第一天知道了。"文教授拍了拍姚思琪,把那个新手机推到她的面前,又坐回椅子上,拿过桌上那本月历,"下月二十六号,你给大家把票订上,所有人,咱们一起去趟香港,有个论坛。然后你跟我走一趟澳门,不过要分开走,明白吗?"

"又是那个人?"

"对。"

"可是上次,他把我后背抽得全是血印,他就是个变态!"

"变态? 对啊。所以我才提前把你叫过来啊。"文教授说完,抹了抹嘴。

"能不能不去啊,我求求你,别的都可以。"

"不行,你必须去。"文教授突然板起脸。

"他不是人……我这样还不如死了呢……"

"你不能死,你还有父亲和弟弟呢。"文教授又从办公桌中间的抽屉里取出一个小药瓶,倒出一个小药丸放入口中,抓起桌上的杯子,喝了一大口水,"走吧,进屋。"

一小时后,姚思琪和文教授一前一后从办公室后面的休息套间走出来。她走过去从衣架上取下羽绒服和背包。

"最近郭江南这个小子,是不是一直在追你啊?"

"啊,他,是很长时间了,不过他跟你一样,也是个畜生。"

"呵呵,"文教授笑了,"怎么说?"

"他也是听了别人传言,说我和你走得近,所以才这么起劲的。如果我答应他,他一定要满世界去宣传他的胜利。"

"啊,那可不是听别人说的,都是真的,哈哈。"文教授干笑了两声,"那你就答应他,这样那些流言也就没人传了。"

姚思琪狠狠地瞪了一眼文教授,穿好羽绒服,背上包,按下办公室门的开关,消失在走廊的黑暗中。

打开那扇防盗门,外面楼道上耀眼的灯光突然砸下来,晃得姚思琪一阵天旋地转。她急忙扶着楼梯的扶手,靠在栏杆上,勉强支撑住自己的身体。她大口喘着气,暗自思忖:这么活着……都怪这个老头,我要杀了他,这次一定要杀了他!

姚思琪的头像要炸开了一样,她倚着楼梯扶手慢慢地挪到二楼,整个过程中,她的腿都在不停地抖。

周二下午的实验室一般都没有人在。想到这儿,她咬牙走到二〇一门前,拿出钥匙,缓缓打开门。

拉开门的动作已经足够让她筋疲力尽,她从门后往屋里看,好像看到一个熟悉的身影,她急忙往回撤身,可是已经来不及了。

"谁——谁啊……"实验室内的刘闯在中午整理完实验数据后，竟趴在桌上睡着了，听到开门声后，他抬头依稀看到有人鬼鬼祟祟向门后躲闪。

姚思琪无时无刻不在提醒自己，一定要避免和刘闯单独接触，可此时的她却是有心无力。

"你怎么了？"刘闯迅速起身跑到门外，看到姚思琪苍白的脸色，关切地问道。

"没怎么，我没事。"

"今天下午，你不是去参加全校优秀学生干部大会的彩排吗？"

"我……刚从导师那出来，这就去。"

"你是不是病了？"

姚思琪看看他，摇头的时候眼眶逐渐湿润。

"是不是那老头又对你……我上次就应该让他长足记性！"

"跟你没关系，你以后不要再管我的事。"

"可是他……"

"那些流言是不是从你这里传出去的？"

"怎么可能？我对你怎么样，你不清楚吗？如果你这样看我，为什么每次我的比赛你都去？"

姚思琪的眼泪已经在眼眶里打转。

刘闯抓住她的双肩，一把将她抱在怀里。她多想时间就此停住……

"我们……不能这样，我……不值得你这样做。"姚思琪用力眨了一下发红的双眼，拼尽全力挣脱了刘闯的双手，转身踉跄着跑下楼梯，留下刘闯一个人呆愣愣地站在原地。当她快步走出大楼，站在门廊上，为了不让泪水再落下，她使劲仰起头。眼前，是漫天的雪花，随着海风，飘飘荡荡地落下来。

图书在版编目（CIP）数据

晚点五十八小时 / 步铼著 . —北京： 新星出版社，2020.6
ISBN 978-7-5133-3965-0

Ⅰ. ①晚… Ⅱ. ①步… Ⅲ. ①长篇小说－中国－当代Ⅳ. ① I247.5

中国版本图书馆 CIP 数据核字 (2020) 第 012977 号

午夜文库
谢刚 主持

晚点五十八小时

步铼 著

责任编辑：	王　萌
责任校对：	刘　义
责任印制：	李珊珊
装帧设计：	人马艺术设计·储平

出版发行：	新星出版社
出 版 人：	马汝军
社　　址：	北京市西城区车公庄大街丙3号楼　　100044
网　　址：	www.newstarpress.com
电　　话：	010-88310888
传　　真：	010-65270449
法律顾问：	北京市岳成律师事务所

读者服务：	010-88310800　　service@newstarpress.com
邮购地址：	北京市西城区车公庄大街丙3号楼　　100044

印　　刷：	大厂回族自治县彩虹印刷有限公司
开　　本：	910mm×1230mm　 1/32
印　　张：	7.375
字　　数：	108千字
版　　次：	2020年6月第一版　 2020年6月第一次印刷
书　　号：	ISBN 978-7-5133-3965-0
定　　价：	42.00元

版权专有，侵权必究； 如有质量问题，请与印刷厂联系调换。